Michael Morpurgo

Les Voyages extraordinaires d'Omar

Traduit de l'anglais
par Julie Lopez

Illustré par Michael Foreman

GALLIMARD JEUNESSE

Titre original : *Boy Giant*

Édition originale publiée par HarperCollins *Childrens Books*,
une filiale de HarperCollins *Publishers*, Ltd.

Pour Tom et Kate,
et pour Hannah, Jack et Zoe.
M. M.

Pour mes grands frères,
Ivan et Pud,
géants de mon enfance.
M.F.

« Ne soyez pas inhospitaliers
envers les étrangers,
ils pourraient être
des anges déguisés. »

George Whitman

Première partie

1
Ils m'appelaient Mini

Tout ce que nous savions d'elle, c'était qu'elle s'appelait J.J., qu'elle parlait anglais, qu'elle était toute seule dans son gros bateau à rames jaune et qu'elle nous apparaissait à tous les trois – même à moi – comme une géante, une géante avec un poignet bandé et des pansements sur les doigts.

– Bon, racontez-moi, a-t-elle dit. Racontez-moi tout.

Je pouvais difficilement refuser, n'est-ce pas? Après tout, cette J.J. nous avait sauvé la vie. C'était uniquement grâce à cette inconnue que nous étions de nouveau au sec, bien nourris, au chaud et reposés.

– Vous comprenez, j'aimerais savoir ce que vous faites ici, en pleine mer, dans un aussi petit bateau, a-t-elle poursuivi. Qui êtes-vous? D'où venez-vous?

J'aurais pu lui poser les mêmes questions. Pourtant, je me suis surpris à lui raconter toute notre histoire. D'ailleurs, j'étais content de le faire, pas seulement en raison de la bonté dont elle avait fait preuve à notre égard, mais parce qu'une fois que j'ai commencé, ça m'a aidé à croire que cela m'était réellement arrivé, ça m'a aidé à me rappeler qui j'étais, qui j'étais devenu. Je ne doutais pas qu'elle me croirait. Après tout, la preuve était là, sous son nez. Elle pouvait difficilement la quitter des yeux. Nous étions tous les trois là pour le prouver. Nous incarnions la vérité de notre propre histoire.

J'ai commencé par le commencement, sans quoi elle n'aurait rien compris ; et sans le commencement, de toute manière, rien de tout ça ne serait arrivé. Je n'aurais jamais dû partir de chez moi, et ma vie aurait été bien différente.

– C'est une longue histoire, l'ai-je prévenue.

– Pas de problème, a-t-elle répondu. Il faut que je laisse reposer ce poignet, de toute façon. Je ne pourrai pas ramer longtemps comme ça.

Je me suis donc lancé.

*

L'endroit d'où je viens n'est plus chez moi. Il y avait autrefois une maison et un village que j'appelais chez moi, en Afghanistan. J'avais autrefois une famille. Plus maintenant. J'ai toujours mon prénom – Omar – et Mère, mais je ne sais pas où elle est. Je pense et j'espère qu'elle est en Angleterre avec Oncle Saïd. J'allais la retrouver. Voilà pourquoi nous étions sur notre petit bateau quand vous nous avez trouvés, et quand nous vous avons trouvée.

Je ne sais plus quel jour nous sommes, ni quel mois, ni quelle année, mais je crois que je dois maintenant avoir environ seize ans. De mes débuts, ou de ma maison, il n'y a pas grand-chose à dire, et je n'aime pas en parler ou m'en souvenir, parce que ça me rend triste. Nous vivions dans un endroit tranquille, en périphérie d'une ville paisible entourée de campagne. Mon père était berger, son troupeau nous faisait vivre. Nous n'avions jamais faim ni soif. J'avais une petite sœur, Hanan. Elle et moi recevions beaucoup d'amour. Nous étions ensemble. Nous étions tous heureux.

L'école, c'était l'école. Tous mes amis y allaient. Nous apprenions nos leçons, nous jouions ensemble. Mais j'ai toujours été petit et maigre, et à l'école, je ne risquais pas de l'oublier. Ils m'appelaient Mini. J'étais peut-être petit, mais j'étais de loin le meilleur au cricket. Personne ne frappait la balle plus fort que moi. Personne ne la lançait plus vite. Le terrain était toujours bosselé, mais c'était le même pour tout le monde, et ça nous allait bien. Tout allait bien. Je savais lire les rebonds de toutes les balles qu'on me lançait, les récupérer avec ma batte. Je vivais pour le cricket, et pour ma famille. Tout se passait bien – enfin, dans l'ensemble.

Chaque soir, j'allais me coucher en espérant marquer encore plus de points le lendemain ou éliminer encore plus de batteurs, et je priais pour être un peu plus grand au matin. Je me mesurais contre la marque que Mère avait faite sur le mur. Le jour suivant, je marquais souvent plus de points, ou j'éliminais plus de batteurs, mais je n'étais jamais plus grand. Le matin venu, Hanan me dépassait toujours, alors qu'elle avait deux ans de moins que moi.

Puis la guerre est arrivée dans notre ville et j'ai eu d'autres sujets d'inquiétude, des soucis plus sérieux. Aujourd'hui encore, j'ignore pourquoi cette guerre nous a frappés. C'était le matin de mon dixième anniversaire, je m'en souviens. Nous avons entendu les avions dans le ciel, et puis les bombardements ont commencé. Nous étions à l'école. Il n'y avait nulle part où se cacher, nulle part où s'enfuir. À la fin de cette journée, notre maison était en ruine, notre école aussi. Plusieurs de mes amis étaient morts. J'étais là quand on les a enterrés. J'ai aidé à les enterrer. Père est mort aussi, ainsi que la plupart de nos moutons, quand les avions sont revenus le lendemain matin. Puis nous nous sommes

rendu compte que Hanan avait disparu. Nous l'avons cherchée et appelée, mais nous ne l'avons jamais retrouvée. Il ne restait plus que Mère et moi. Nous n'avions rien, pas d'abri, pas de nourriture, pas de père, pas de sœur, pas de fille.

Ensuite, les travailleurs humanitaires sont arrivés, et ils nous ont apporté de la nourriture et des tentes, ils nous ont construit un camp de réfugiés. Nous n'étions plus une famille. Nous étions des réfugiés. Nous avons vécu longtemps dans ce camp. Les

travailleurs humanitaires venaient d'Angleterre, et ils étaient gentils avec nous. Ils nous souriaient, et nous aimions ça. Ça nous réchauffait le cœur. Il y avait des médecins et des infirmières, tous bons avec nous. Il a fait froid cet hiver-là, mais nous

avons survécu. Nous n'avons jamais considéré le camp de réfugiés comme notre maison. C'était un endroit où nous abriter – rien de plus. Parfois, nous jouions au football et au cricket avec les travailleurs humanitaires, et ils m'apprenaient à parler un peu anglais. Ils n'en revenaient pas que je sois aussi doué au cricket. J'aimais les impressionner. Ça les faisait sourire.

Mais un jour, Mère a annoncé que nous n'étions pas en sécurité là-bas, qu'elle était sûre que les avions allaient revenir, ou des soldats. De nombreuses personnes avaient décidé de partir, et nous allions les accompagner.

Alors, Mère et moi, et quelques autres, nous avons quitté le camp en pleine nuit et nous nous sommes mis à marcher. Nous avons marché pendant des semaines et des semaines. Nous avons gravi des montagnes, traversé des déserts, suivi les autres là où ils allaient, avec une seule idée en tête. Trouver un endroit loin de la guerre, n'importe où, quelque part où régnerait la paix et où il y aurait de la nourriture et de l'eau et des abris, où nous serions en sécurité. J'ignore combien de temps et jusqu'où nous avons marché.

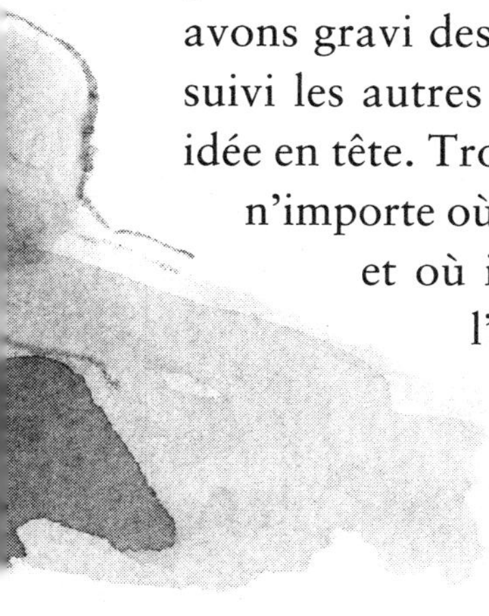

Le sommeil était notre seul réconfort. Quand on dort, on peut oublier. Le réveil était le pire moment de chaque journée. Je n'avais qu'une envie : rester là où je me trouvais, recroquevillé sur le sol, et ne jamais me relever. J'étais tellement fatigué, trop fatigué pour me soucier de quoi que ce soit.

Chaque matin, Mère me sauvait la vie. Elle ne me laissait jamais rester allongé là. Elle me disait toujours que si je ne me levais pas, si je ne me remettais pas à marcher, je mourrais, et qu'elle ne permettrait pas que cela arrive. Elle me disait parfois qu'elle sentait la mer, que je devais me montrer courageux, comme Père et Hanan l'avaient été. Elle me promettait qu'à la mer un bateau nous attendrait, pour nous emmener en sécurité, vers une nouvelle vie, dans un nouveau chez nous où il y aurait

des tas de gens souriants comme les travailleurs humanitaires et les médecins et les infirmières du camp, et où il n'y aurait plus de guerre ni de bombardements. Tout ce que je devais faire, disait-elle, c'était mettre un pied devant l'autre. Seuls son amour et ses promesses m'ont permis de continuer.

Il y avait des fils barbelés, il y avait des camions, des trains, d'autres camps de réfugiés. Il y avait des gens qui nous criaient de rentrer chez nous, d'autres qui nous accueillaient et nous nourrissaient et nous donnaient des vêtements chauds, et qui nous souriaient. On ne savait jamais à quoi s'attendre.

Mais Mère et moi, nous mettions un pied devant l'autre, et nous marchions.

2

Fore Street, Mevagissey

Et en effet, après un an ou plus d'errance, nous avons un jour gravi une colline et là, comme Mère l'avait promis, il y avait la mer et quelques maisons et des gens et, comme un miracle, le bateau qui nous attendait. Un bras autour de mes épaules, Mère m'a dit que Dieu était bon avec nous, et que je ne devais jamais l'oublier.

Elle n'avait plus grand-chose à vendre, seulement les bracelets sur ses bras, les bagues à ses doigts. Cela a suffi à payer les hommes afin qu'ils me laissent monter sur leur bateau, moi mais pas Mère. Ni ses larmes ni les miennes n'ont pu les persuader de la laisser venir avec moi.

Elle m'a dit que je devais y aller seul. Elle me rejoindrait plus tard. On se retrouverait en Angleterre. Elle m'a donné sa parole. Et Mère tient toujours ses promesses.

Je me souviens de ses derniers mots. « Va voir ton oncle Saïd dans son café à Mevagissey. Fore Street. Mevagissey. Rappelle-toi, Fore Street. Rappelle-toi, Mevagissey. Répète-le encore et encore dans ta tête, Omar, pour ne jamais l'oublier. Fore Street, Mevagissey. Fore Street, Mevagissey. Attends-moi là-bas. Je viendrai. Maintenant, vas-y, Omar. Dis aux gens en Angleterre que tu es son neveu, et ils te laisseront rester. Oncle Saïd me l'a dit. Dis-leur où il vit, où il travaille dans son café. Ils t'autoriseront à rester avec lui. Ne t'inquiète pas. Ils auront des yeux souriants, et il n'y a pas de guerre là-bas. Comme ça, tu vivras et, si tu vis, je vivrai aussi. Nous nous retrouverons, si Dieu le veut. »

Je me suis accroché à elle. J'ai pleuré contre elle.

Elle m'a murmuré à l'oreille qu'elle m'aimait plus que la vie elle-même, mais que je devais être un homme désormais, comme Père l'avait été, que je devais me montrer courageux comme Hanan, que je devais y aller et ne plus pleurer. « Souris pour moi, m'a-t-elle demandé, pour que je me souvienne de toi comme ça. » J'ai essayé, j'ai essayé de toutes mes forces, mais je n'ai pas réussi. Mes larmes ne m'ont pas laissé faire.

La dernière fois que j'ai vu Mère, elle se tenait là, sur le rivage, et regardait le bateau qui m'emportait.

Elle rapetissait sous mes yeux. Très vite, elle n'a plus été là, puis le rivage non plus.

J'étais à bord d'un gros canot pneumatique dont le moteur toussait et crachotait. Il y avait tellement de monde qu'on avait du mal à trouver un endroit où s'asseoir. Au début, la mer était calme autour de nous, clapotante mais calme. Les gens se disaient que ce n'était pas loin, que c'était un bon bateau, qu'on arriverait bientôt, qu'on serait bientôt en sécurité.

J'avais vu la mer en photo, dans des films, et elle était toujours bleue. Mais pas cette mer-là. Celle-là était grise, et vaste, et sombre, et menaçante, et elle semblait s'étendre infiniment à l'horizon, où elle devenait le ciel, un ciel aussi gris qu'elle.

J'ignore combien de jours et de nuits j'ai passés sur ce bateau. J'ai fini par trouver un endroit où m'asseoir, sur un côté. J'ai passé là de longues heures froides, essayant sans cesse de calmer mes peurs. Je me suis forcé à imaginer Mevagissey, l'endroit où j'allais. J'ai tenté de penser à Oncle Saïd dans son café en Angleterre. Je ne l'avais jamais rencontré. Je l'avais vu sur la photographie que Mère gardait tout le temps sur elle. Je ne lui avais parlé qu'une fois, longtemps auparavant, sur Skype. Mais il était tout pixélisé, de sorte que je n'avais pas bien distingué ses traits. J'avais vu qu'il portait une moustache, guère plus. Je

me rappelais plutôt bien sa voix, cependant. Il m'avait dit qu'il faudrait que je vienne le voir un jour, pour l'aider dans son café.

– J'arrive, Oncle Saïd ! ai-je crié. Fore Street, Mevagissey ! Fore Street, Mevagissey !

Les gens autour de moi m'ont regardé comme si j'avais perdu la tête. Mais je me moquais de ce qu'ils pensaient. J'allais à Mevagissey ! Fore Street, Mevagissey !

3

Quelque chose à quoi se raccrocher

Mevagissey, Fore Street, Mevagissey. Je répétais sans cesse ces mots à voix haute sur le bateau, pour ne jamais les oublier, mais aussi parce que je voulais m'entraîner à bien les prononcer. Je répétais tous les mots anglais que je connaissais, que les travailleurs humanitaires m'avaient appris : Bonjour, petit. But ! Faute ! Chocolat. Tope là ! Manchester United. Chelsea. Au revoir. À bientôt. Reviens vite. Et, bien sûr, tous les mots de cricket que je connaissais, comme : lanceur, batteur, série, guichet, éliminé, invaincu, quatre, six, Owzat[1] !

« Owzat » était mon expression favorite. Elle me remontait le moral chaque fois que je la disais. Je voulais connaître autant de mots anglais que possible avant d'arriver en Angleterre. Je voulais

1 Expression utilisée au cricket par les joueurs voulant faire appel auprès de l'arbitre. (Note de la traductrice)

montrer à ma mère, quand je la reverrais, à quel point je parlais bien anglais. Et pratiquer mon vocabulaire me distrayait de la mer et des vagues et du froid et des gémissements et des pleurs tout autour de moi.

L'espoir aussi m'aidait à tenir. J'espérais que tout le monde en Angleterre serait aussi souriant que Mère l'avait affirmé. J'espérais que nous serions heureux là-bas, et en sécurité. Cette seule pensée me rendait heureux. J'aurais de nouveau une maison et j'irais à l'école, j'aurais de nouveau des amis, je jouerais de nouveau au cricket. J'essayais de penser surtout à Oncle Saïd et au cricket, pas à Mère, ni à Père, ni à Hanan. Je savais que si je pensais trop à Mère, j'allais pleurer. Et je ne voulais pas pleurer. Je voulais être un homme, comme Père l'avait été. Je voulais me montrer aussi courageux que Hanan. Père n'avait jamais pleuré. Hanan n'aurait pas pleuré. Alors je ne pleurerais pas non plus.

Au bout de quelques jours, il n'y a plus eu d'eau potable. Le moteur était cassé depuis longtemps. Les vagues nous menaçaient, toujours accompagnées d'un vent mordant. Rester assis sur le rebord n'était plus sûr. Désormais, je me blottissais contre les autres au fond du canot. Le froid me faisait frissonner, engourdissait mes mains et mes pieds. Tout autour de moi, on pleurait, geignait et priait. Je voyais – nous voyions tous – que le bateau s'enfonçait de plus en plus dans la mer. À chaque vague, un peu plus d'eau de mer passait par-dessus bord. Certains d'entre nous essayaient de l'écoper avec leurs mains en coupe. Mais elle remplissait le bateau plus vite que nous ne pouvions le vider.

Finalement, nous avons abandonné. Nous étions assis dans l'eau, allongés dans l'eau, nombre d'entre nous plus morts que vifs. Nous

savions tous désormais que nous allions bientôt nous y noyer. Nous savions que personne ne viendrait nous aider. Le bateau se remplissait, et je ne savais pas nager. Aucun d'entre nous ne savait

nager. Ils priaient Dieu. Je priais Dieu, et j'essayais de penser à Mère et à Oncle Saïd, au bonheur de vivre avec eux à Fore Street, Mevagissey. Fore Street, Mevagissey.

La grande tempête est venue la nuit, les vagues nous secouaient, chacune s'efforçant plus que la précédente de soulever le bateau et de le retourner. La mer jouait avec notre embarcation, jouait avec nous, nous narguait avant de nous noyer et de nous engloutir pour toujours. Trop faibles désormais, incapables de nous accrocher, impuissants, nous étions éjectés un par un du bateau.

Je savais que mon tour viendrait bientôt. Tout autour de moi, des cris et des pleurs. Je n'avais plus aucun espoir de revoir Mère, aucun espoir de voir Oncle Saïd ou Fore Street, Mevagissey.

Allongé là au fond du bateau, je me souviens d'avoir tendu le bras pour m'accrocher à quelque chose, n'importe quoi, afin de ne pas être emporté par la prochaine grosse vague, et ma main a trouvé un morceau de corde sous l'eau. Je l'ai agrippé et j'ai tiré dessus encore et encore. Elle était longue, mais au moins, elle était solide. J'ai réussi à l'attacher autour de ma taille et je suis resté comme ça, priant pour Mère, priant pour moi.

Finalement, j'ai eu trop froid et je me suis senti trop épuisé ne serait-ce que pour prier. Les ténèbres se refermaient autour de moi. Je savais que je ne verrais jamais le matin. Ça m'était égal.

Je me suis abandonné à l'obscurité et au froid et n'ai pensé qu'à Mère, Père et Hanan. Je me suis promis que je penserais à eux jusqu'à mon dernier souffle. Ainsi, nous serions tous ensemble à la fin.

4

Les petites personnes

J'ai dû m'endormir, car je me rappelle m'être réveillé.

L'orage était passé. Je sentais la chaleur du soleil sur mon visage et j'entendais des jacassements et des chuchotements, comme le murmure d'une nuée d'oiseaux volant autour de moi. Pourtant, je ne voyais pas d'oiseaux. Alors, j'ai pris conscience que je n'étais plus du tout allongé dans le bateau, que la mer ne déferlait plus sous moi. J'étais sur la terre, la terre ferme. J'ai essayé de bouger la tête, pour découvrir où je me trouvais, mais je n'ai pas réussi. Mes bras aussi refusaient de bouger, tout comme mes jambes. Tout ce que je pouvais remuer, c'étaient mes doigts. Je les ai refermés sur le sol. J'avais l'impression de griffer du sable. Je devais être sur une plage. Mais j'ignorais où. Ça m'était égal. J'étais vivant ! J'avais survécu.

Je me suis aperçu que je pouvais agiter mes orteils. Mais, malgré tous mes efforts, je n'ai pas trouvé la force ne serait-ce que de lever la tête pour les regarder. Je pouvais tourner les yeux, mais il m'était impossible de bouger mon cou. J'étais terrifié, et je tremblais de façon incontrôlable, et pourtant, je n'avais pas froid. En fait, je ne sentais rien. Ce devait être ça, le début de la mort, me suis-je dit.

Dans ma panique, j'ai poussé un cri, j'ai appelé à l'aide, de plus en plus fort, jusqu'à avoir mal à la gorge. M'entendre m'a au moins remonté le moral. Si ma voix fonctionnait et ma gorge me faisait mal, c'était sûrement bon signe. J'étais toujours en vie. Il y avait de l'espoir. Cependant, je savais que j'avais besoin d'aide. J'entendais les vagues se briser sur le sable non loin, elles fonçaient vers moi, chacune un peu plus proche. Je craignais le pire. Tôt ou tard, la mer m'atteindrait, puis elle me recouvrirait. Il fallait que je trouve un moyen de bouger, ou j'allais me noyer. J'ai appelé à l'aide, encore et encore. Mais personne n'est venu.

Néanmoins, j'ai de nouveau entendu cet étrange murmure, des pépiements comme des milliers d'oiseaux se réunissant pour se poser au coucher du soleil. Ce son me rappelait les soirs où nous jouions dehors au cricket, chez moi, aux dernières lueurs du jour. Mon ouïe fonctionnait, et ma mémoire aussi. Je voyais le soleil et le ciel, donc mes yeux fonctionnaient bien aussi. Et j'avais plus de sensations dans mes jambes et dans mes pieds désormais. Le moindre nouveau signe de vie me donnait de l'espoir.

J'avais l'impression que quelque chose me chatouillait l'orteil, puis remontait sur ma jambe. Un insecte, ai-je pensé, peut-être un scorpion qui risquait de me piquer. Mais je m'en moquais. Je le sentais. Je le sentais.

J'ai encore entendu ce murmure. Il ne s'agissait pas de bruits d'oiseaux, tout compte fait, mais de voix, de petites voix. L'esprit embrouillé, j'ai d'abord cru que c'étaient des scorpions qui parlaient. J'ai réessayé de lever la tête pour vérifier, mais je n'y arrivais toujours pas. Puis j'ai sombré dans un profond sommeil. Un sommeil confortable, un sommeil tiède. Plus de tremblements. Si c'était ça, mourir, alors ça ne me dérangeait pas, pas du tout.

Je me suis réveillé au son des mêmes chuchotements et murmures. Ce n'étaient certainement pas des oiseaux, ai-je compris, ni les vagues qui se retiraient du sable pour retourner à la mer. C'étaient des gens, très nombreux, et ils parlaient avec de petites voix, tout autour de moi. Quand j'ai tenté de lever la tête, je me suis rendu compte avec surprise que j'en étais capable, juste un peu, juste assez.

J'ai senti quelque chose sur l'index de ma main droite. J'ai baissé les yeux, m'attendant à voir un scorpion. À sa place se tenait un petit homme, debout sur mon doigt. Il était minuscule, trop petit pour être réel. Il portait un tricorne, un long manteau et des chaussures à boucles. Je n'avais jamais vu quelqu'un habillé comme ça. D'abord, j'ai cru que je rêvais. Et puis j'ai su que je ne dormais pas. Je sentais l'odeur de la mer, et il y avait des nuages dans le ciel, et des oiseaux, des oiseaux blancs qui volaient au-dessus de moi, criant et croassant. Je sentais la brise sur mon visage. Rien de tout ça n'était imaginaire, rien de tout ça n'était un rêve, pas plus que la foule de petites personnes que j'apercevais maintenant sur toute la plage, que les chevaux et les chariots, ou que les petites couvertures colorées posées sur moi comme un patchwork, des chevilles à la poitrine. Le petit homme qui se trouvait maintenant dans la paume de ma main ouverte ne devait pas être plus gros que mon petit doigt. Mais il était réel. Je ne l'imaginais pas. Ce n'était pas un rêve.

Il a aidé une petite dame âgée à monter sur ma main, puis ils ont commencé à grimper lentement sur mon bras, mon épaule, et ils ont traversé ma poitrine en direction de la pointe de mon menton. La vieille dame marchait avec une canne et portait une longue robe bleue et des plumes sur son chapeau. Côte à côte, ils m'ont regardé en silence pendant un long moment.

Quand elle a pris la parole, ç'a été d'une voix grêle et tremblante qui m'a aussitôt rappelé celle de ma grand-mère. Le silence s'est fait. Tout le monde écoutait. Au début, je n'avais pas la moindre idée de ce qu'elle me disait. Et puis, j'ai commencé à reconnaître un mot par-ci, un mot par-là. Les sonorités

de cette langue m'étaient étrangement familières. C'était celle que parlaient les travailleurs humanitaires dans le camp. La minuscule vieille dame parlait bel et bien anglais. Son intonation était chaleureuse, accueillante, et j'en ai déduit qu'il devait s'agir d'un discours de bienvenue, comme celui qu'un ancien de mon village aurait pu adresser à un visiteur. Je me suis rendu compte qu'elle pensait que je comprenais chacun de ses mots, ce qui n'était pas le cas.

5
Moi, une montagne !

À la fin du discours de la vieille femme, tout le monde a applaudi, et les enfants présents ont sauté sur place en poussant des cris de joie débridés.

Mille pensées se bousculaient dans mon esprit, aucune n'ayant le moindre sens. Tout cela était-il réellement en train de m'arriver ? Mes tremblements s'étaient complètement arrêtés. Tout mon corps fourmillait de vie, de chaleur et de sensations. La vieille dame debout devant moi haletait après l'effort que lui avait demandé son discours, et s'appuyait lourdement sur sa canne. Je ne savais pas quoi répondre, mais je sentais au silence qui m'entourait que je devais dire quelque chose, que c'était ce que l'on attendait de moi. Cependant, j'étais frappé de stupeur, essayant encore de digérer tout ça, de croire ce que j'avais sous les yeux. Ces personnes étaient des créatures vivantes, qui respiraient, mais d'une petitesse impossible, et je n'avais jamais vu quiconque habillé comme elles. Elles étaient réelles, aussi réelles que moi. Et donc, si elles étaient réelles et qu'elles parlaient anglais, je me suis dit que j'avais peut-être échoué en Angleterre. Pourtant, les travailleurs humanitaires que j'avais connus près de ma ville en Afghanistan n'étaient pas petits comme ces gens-là ni habillés pareil.

J'ai décidé de tester sur eux quelques-uns des mots anglais que je connaissais, pour m'assurer que j'avais raison, qu'ils parlaient bien cette langue. J'ai essayé quelques mots de cricket, puis d'autres que les travailleurs humanitaires m'avaient appris.

– Owzat ? ai-je lancé. Invaincu, tope là, bonjour, au revoir, chocolat, à bientôt, docteur, ça va, fils ?

Personne ne semblait comprendre un mot de ce que je disais. J'ai donc tenté autre chose, les seuls autres mots anglais qui me venaient à l'esprit, dans l'espoir qu'ils sachent où c'était.

– Fore Street, Mevagissey. Fore Street, Mevagissey.

Ils se sont contentés de me regarder, stupéfaits. J'ai réessayé, plus fort cette fois-ci.

– Mevagissey ! Mevagissey ! Fore Street... Quatre ! Six !

Les nombres ont fini par les faire réagir. Leur expression a subitement changé, comme s'ils les reconnaissaient, et elle s'est aussi teintée d'une certaine inquiétude. Peut-être avais-je parlé trop fort. J'ai répété ces mots, plus doucement cette fois, puis d'autres pour voir s'ils les comprenaient.

– Football. Manchester United. Chelsea. Joe Root. Angleterre. Afghanistan.

Plus je parlais, plus leur surprise semblait s'atténuer, remplacée par de la perplexité et de l'amusement. Ils chuchotaient entre eux, et certains gloussaient. Encouragé, j'ai réessayé, et ils se sont tous mis à rire.

– Fore Street, Mevagissey ! Chocolat ! Owzat !

Ils semblaient particulièrement aimer quand je disais « Owzat ». À tel point qu'ils le répétaient en écho.

– Owzat ! Owzat !

Mais soudain, j'ai remarqué que la vieille dame ne riait plus, et qu'elle ne souriait pas non plus. Elle restait plantée là à me dévisager. J'ai eu l'étrange l'impression qu'elle n'essayait pas seulement de déterminer qui j'étais, et d'où je venais, mais de se souvenir de moi, de se souvenir de qui j'étais. Comme si elle pensait me reconnaître, ce qui était impossible. Finalement, non sans difficulté, et aidée par son compagnon, elle s'est détournée et a entamé sa descente sur mon bras, sur ma main, jusqu'au sable. Je l'ai regardée se faire accompagner sur la plage jusqu'à un rocher non loin. Elle s'y est assise, les mains jointes sur ses genoux, les yeux posés sur moi, ne quittant jamais mon visage.

Pendant ce temps, les petites personnes, menées par les enfants, s'agglutinaient autour de moi et touchaient mes pieds, mes mains, mes vêtements. J'étais examiné, inspecté. Puis, plus assurés désormais, ils ont commencé à me grimper dessus. Je ne me sentais pas du tout menacé. Je voyais bien qu'ils ne me voulaient pas de mal. Cela semblait étranger à leur nature. Les filles et les garçons parmi eux se montraient plus audacieux que les adultes, et s'aventuraient déjà partout sur moi, dans les moindres recoins de mon corps. Je me suis dit que pour eux, je devais ressembler à une montagne.

Moi ? Une montagne ? À cette pensée, j'ai éclaté de rire. Le petit Omar, une montagne ! Mini était une montagne ! Si mes amis m'avaient vu. Si Mère m'avait vu ! Oh, comme j'aurais voulu qu'elle me voie à cet instant précis.

Puis ils ont retiré toutes les couvertures que j'avais sur moi et se sont mis à frotter vigoureusement tout mon corps. J'ai reposé la tête et fermé les yeux tandis qu'une chaleur bénie m'envahissait, de la pointe des orteils à la racine des cheveux. Ces petites personnes me ramenaient à la vie.

Je me suis mis à fredonner. Peut-être parce que cela me rappelait le confort et la chaleur que je me souvenais avoir ressentis enfant à l'heure du coucher, quand Mère me prenait dans ses bras et me chantait des chansons. C'est sa chanson qui m'est revenue alors, sa berceuse, et que je me suis surpris à fredonner.

Au bout d'un moment, ils se sont mis à chantonner avec moi, et j'ai adoré ça. J'ai su alors avec certitude que j'étais avec des amis, enfin en sécurité. L'épuisement et le soulagement, le rythme des vagues léchant la plage et le son de la mélodie de Mère dans ma tête ont dû suffire à me replonger dans le sommeil.

Cependant, je n'ai pas dormi longtemps. J'ai senti qu'on forçait mes paupières à s'ouvrir. Les enfants avaient décidé de me réveiller. Des centaines de ces petites personnes grouillaient sur moi. Certaines faisaient l'équilibre ou des saltos arrière, d'autres s'amusaient à faire des culbutes jusqu'au sol, avant de m'escalader de nouveau.

Sur la plage, la vieille femme était toujours assise sur son rocher, à côté de son compagnon. D'autres personnes étaient réunies autour d'elle et n'arrêtaient pas de me jeter des coups d'œil alors qu'elle leur parlait.

Au bout d'un moment, elle a fini par se lever et revenir vers moi, son compagnon la soutenant par le coude. Les adultes ont rappelé les enfants. Ceux-ci ont sauté à terre, certains à contrecœur, et ont rejoint les adultes. Ils se sont calmés et ont attendu. J'ai senti que quelque chose d'important allait se produire.

Je me suis redressé sur mes coudes. Le silence régnait sur la plage. Tout le monde regardait la vieille dame avec impatience, moi y compris. Pendant un long moment, elle n'a rien dit. Puis, comme elle se rapprochait, j'ai vu qu'elle avait les larmes aux yeux, et j'ai compris que c'était parce qu'elle me reconnaissait.

– Gulliver, a-t-elle dit doucement en pointant sa canne sur moi, avant de répéter, plus fort : Gulliver ? Gulliver ?

6
Fils de Gulliver

Ce que « Gulliver » signifiait, je n'en avais pas la moindre idée. Pas à ce moment-là, en tout cas.

Mais à la façon dont la vieille dame parlait et me regardait, à la façon dont ils me regardaient tous, j'ai eu la nette impression qu'on m'accueillait chez moi, comme si j'étais un proche perdu de vue depuis longtemps. Plus j'y pensais, plus j'étais convaincu que c'était le nom de la personne pour laquelle ils me prenaient. Je devais être Gulliver – quelqu'un qu'ils connaissaient et aimaient.

– Gulliver ! Gulliver !

Ils criaient tous ce nom désormais, le scandaient. J'étais une sorte de héros pour ces petites personnes, pour les enfants en particulier. Je n'aurais su dire pour qui ils me prenaient, mais cela ne me dérangeait pas du tout. Je me délectais d'un accueil aussi joyeux. J'ai répondu en levant les mains en l'air et en leur faisant coucou ; ils m'ont acclamé de plus belle. Et puis, entre les « Gulliver ! Gulliver ! », j'ai commencé à entendre : « Bienvenue, Gulliver. Owzat ! Owzat ! »

Plus ils chantaient, plus j'étais persuadé qu'ils employaient des mots anglais, prononcés différemment, peut-être, mais bel et bien anglais. C'était la langue du cricket, la langue des travailleurs humanitaires dans le camp. Alors, je me suis levé – un peu chancelant, d'abord –, j'ai de nouveau levé les bras et je me suis mis à crier aussi :

– Gulliver ! Gulliver ! Owzat ! Owzat !

Soudain, j'ai repensé à un autre mot que les travailleurs humanitaires du camp de réfugiés m'avaient appris.

– Salut ! me suis-je écrié. Salut !

J'ai compris à leurs expressions ravies qu'ils connaissaient ce mot, un mot anglais, qu'ils le reconnaissaient. Je devais donc me trouver en Angleterre ! Et dans ce cas-là, Oncle Saïd et son café ne devaient pas être loin. Mevagissey n'était pas loin.

Certes, ces gens étaient petits, pensais-je, et les médecins et travailleurs humanitaires ressemblaient à des géants comparés à eux. Mais des gens de taille ordinaire et d'autres minuscules pouvaient bien cohabiter en Angleterre, dans le même pays, non ? Pourquoi pas ? J'étais arrivé ! J'étais en sécurité,

en Angleterre, là où Mère avait promis que nous irions. Je n'avais plus qu'à l'attendre ici, comme elle me l'avait demandé. Mère avait eu raison sur un autre point : ces Anglais étaient des gens souriants, des gens accueillants.

J'étais envahi par le soulagement, je débordais de joie. Je donnais des coups de poing en l'air en criant : « Owzat ! Owzat ! »

Les personnes minuscules se sont jointes à moi, répétant chacun de mes mots.

– Fore Street ! Mevagissey ! Quatre ! Six ! Invaincu ! Tope là !

Chaque fois que je criais en frappant l'air le nom qu'ils m'avaient donné – « Gulliver ! Gulliver ! » –, ils se déchaînaient. Et ils se sont déchaînés plus encore quand je me suis mis à scander : « Owzat ! Owzat ! »

Soudain, je me suis rendu compte que la vieille dame ne participait pas à ces démonstrations d'enthousiasme. Assise sur son rocher, elle me regardait, sourcils froncés. Puis elle s'est levée et s'est dirigée vers moi, au bras de son compagnon. Je me suis accroupi pour être plus proche d'elle et lui ai tendu la main en signe d'amitié. Je redoutais de l'avoir fâchée sans le vouloir, et je voulais me rattraper.

Elle n'a rien dit pendant un moment, se contentant de me dévisager avec intensité. Puis elle a pris mon doigt et a tiré doucement ma main vers elle, pour qu'elle et son compagnon puissent monter dessus. Quand ils ont trouvé leur équilibre, je les ai soulevés très délicatement, gardant la main bien droite pour qu'ils ne basculent pas. Nous étions nez à nez désormais. La foule s'était tue.

La vieille dame et son compagnon se tenaient côte à côte sur la paume de ma main. Il n'y avait pas de peur dans leurs yeux, seulement une profonde curiosité. Me faisant signe de me rapprocher encore, elle a tendu la main pour toucher mon visage. Puis elle a repoussé les cheveux sur mon front. Un sourire est soudain apparu sur son visage.

– Pas Gulliver, a-t-elle dit d'une voix douce. Fils de Gulliver.

Puis elle s'est retournée et l'a proclamé à l'intention de la foule.

– Fils de Gulliver ! C'est le Fils de Gulliver !

Cette annonce a provoqué un cri de stupéfaction. J'étais donc maintenant un fils de ce Gulliver. Et je savais ce que « fils » signifiait. L'un des travailleurs humanitaires du camp de réfugiés – il s'appelait Jimbo – m'avait montré sur son téléphone des photos d'un garçon d'environ mon âge, son fils, de toute évidence, tenant une batte de cricket – lui aussi aimait le cricket, et c'était Jimbo qui m'appelait « fils ». « Salut, fils », me disait-il parfois. « Ça va, fils ? »

J'étais donc maintenant Fils de Gulliver. Je ne savais pas quoi faire d'autre que prendre un air aussi ravi que celui de la vieille dame, de son compagnon, de tout le monde. Je me suis exclamé :

– Fils de Gulliver ! Fils de Gulliver ! Owzat !

Cela a semblé satisfaire la vieille dame. Ils étaient tous contents, je devais donc avoir dit ce qu'il fallait.

À partir de ce moment-là, voilà qui j'ai été pour ces gens : Fils de Gulliver ! Mais en général, les enfants préféraient m'appeler Owzat. Je ne comprenais toujours pas qui était Gulliver ni pourquoi j'aurais dû être son fils. Ça, ainsi que tout dans cet endroit étrange – l'Angleterre, j'en étais convaincu désormais –, demeurait un mystère total pour moi. Mais ça ne me dérangeait pas.

Leur langue représentait un autre sujet de perplexité. J'avais entendu nombre d'entre eux se parler dans une langue qui ne ressemblait pas du tout à l'anglais. Ils devaient donc parler deux langues. Étrange, ça aussi, mais quelle importance ?

Tout ce que je savais, c'était que j'étais entouré de personnes bienveillantes, que je ne craignais rien. Que demander de plus ?

Pourtant, il y avait bien autre chose. Soudain, je me sentais faible à cause de la faim, et je mourais de soif.

7
Tout l'or du monde

On aurait dit que la vieille dame lisait dans mes pensées. À cet instant précis, elle a tapé dans ses mains, et aussitôt, tout le monde a su exactement quoi faire. En un clin d'œil, ils sont tous allés chercher des choses, les ont transportées, tous les chevaux et les chariots sur la plage se sont mis en mouvement, et les petites personnes, enfants compris, ont entrepris de les décharger.

Ils me rappelaient les armées de fourmis en marche que j'avais souvent observées dans ma ville autrefois. Chacune de ces petites personnes semblait avoir une tâche à accomplir et comprenait le rôle qu'elle avait à jouer.

Cette tâche, comme je m'en suis rendu compte avec bonheur, était d'apporter toute la nourriture et l'eau dont je pourrais avoir besoin.

Après avoir déposé la vieille dame et son compagnon sur le sable, j'ai regardé les petites personnes qui revenaient avec du poisson, du pain, du raisin et des noix, des baies et puis de l'eau, dans des tonneaux. Un tonneau d'eau ne représentait guère plus qu'une gorgée pour moi, mais il y en avait beaucoup, qui ne cessaient d'arriver, et je continuais de boire.

Elles ont déposé à mes pieds toute la nourriture et la boisson dont je pouvais rêver. Elles n'ont pas montré une seule fois de signes de fatigue et chacune d'entre elles m'adressait quelques mots en me présentant une énième offrande : « Bonjour, Fils de Gulliver », ou « Owzat ! », ou « Bienvenue ».

Je voyais tant de bonté et de générosité sincère dans leurs yeux. Je ne pouvais m'empêcher de noter la différence avec le monde que j'avais laissé derrière moi, un monde de souffrance, de tristesse, avec la ville en ruine qui avait autrefois été mon foyer, avec la famille et les amis que j'avais perdus, avec le camp de réfugiés tentaculaire où nous avions dû vivre. Comme c'était étrange d'être entouré désormais par toute cette chaleur, ces soins aimants et cette attention. Comme j'aurais voulu que Mère et Hanan et Père soient ici avec moi, pour qu'ils voient à quel point les gens pouvaient être bons et gentils.

Alors, j'ai pensé à Mère, debout sur le rivage, me regardant partir dans ce bateau surchargé, et mon esprit est revenu à cette traversée terrible, à la peur qui m'avait serré le cœur, au froid dans mes os, aux cieux infinis, à la mer interminable, aux efforts frénétiques que nous avions fournis pour nous sauver, formant une coupe avec nos mains glacées pour écoper autant d'eau que possible, et au moment où je m'étais rendu compte, impuissant, que les vagues ne cessaient de passer par-dessus bord, que le bateau s'enfonçait de plus en plus dans l'eau, et que, un par un, ceux qui m'avaient accompagné n'étaient plus là, que j'étais tout seul, allongé dans l'eau froide pendant des jours et des nuits, priant pour m'en sortir, appelant Mère, et gardant en tête ses derniers mots, les mots qu'elle m'avait demandé de ne jamais oublier, « Fore Street, Mevagissey ».

Sans que je le veuille, ces mots se sont échappés d'eux-mêmes de ma bouche et je les ai prononcés à voix haute devant toutes les petites personnes.

– Fore Street, Mevagissey. Fore Street, Mevagissey.

Et puis je me suis mis à pleurer, sans savoir si c'était de chagrin, de soulagement ou de joie. Ce que je sais, en revanche, c'est que de nombreuses petites mains se sont tendues vers moi et ont tenté de me réconforter, et je me souviens que cela m'a apporté beaucoup de joie et m'a aidé à chasser ma peine et, finalement, à arrêter de pleurer. J'avais à manger, à boire, et une centaine de petits amis, ai-je pensé.

Qu'aurais-je pu demander d'autre ? J'étais en sécurité avec ces petites personnes, enfin, et pour une raison qui m'échappait, elles m'aimaient. Pour moi, ça valait tout l'or du monde.

8
Mamie Baruta

Quand j'y repense, je n'en reviens pas de m'être senti chez moi parmi ces petites personnes dès le premier jour, et de la rapidité avec laquelle sont tombées toutes les barrières de la langue et de la culture, et même de la taille. C'était dû en grande partie à la vieille dame, Mamie Baruta, qui était de toute évidence la matriarche de ces gens, comme leur grand-mère à tous. C'était grâce à elle que je me sentais à ma place.

J'ai vite appris que celui qui l'accompagnait toujours était son petit-fils, Tapit, et qu'ici toutes les personnes âgées avaient un jeune compagnon à leurs côtés. Les jeunes veillaient sur les vieux, et les vieux veillaient sur les jeunes. Je commençais déjà à comprendre que cela fonctionnait ainsi ici, que c'était comme ça que vivaient les petites personnes : les unes pour les autres.

Tapit faisait partie des plus grands de son peuple, mais malgré ça, je devais être au moins vingt ou trente fois plus grand que lui. Je le dominais, je dominais Mamie Baruta, je dominais tout et tout le monde – les chevaux, les bateaux, les arbres, les animaux, les champs et les rivières. Tout sur cette île semblait proportionné à la taille minuscule de ses habitants.

Tapit était aussi gentil et accueillant que les autres à mon égard. Mais je crois que c'était surtout à cause de sa grand-mère, Mamie Baruta, et de l'affection qu'elle éprouvait pour ce mystérieux Gulliver – qui, je le soupçonnais déjà, avait dû séjourner ici avant moi. C'était elle qui avait déclaré que j'étais Fils de Gulliver. Grâce à elle, et grâce à ce Gulliver qui demeurait un mystère pour moi, Tapit et tous les autres me considéraient comme un invité estimé.

Très vite, dès ce premier jour, même, je me suis habitué à leur taille, mais pendant tout le temps que j'ai passé avec eux, je n'ai cessé de m'émerveiller que moi, Mini, je puisse être aussi énorme, capable de tous les dominer. Pourtant, malgré ma taille, ils ne me craignaient pas. Ils savaient que je ne représentais aucune menace pour eux. Sinon, pourquoi n'auraient-ils pas pris leurs jambes à leur cou à ma vue, terrifiés ? Non, ils supposaient que j'étais gentil, inoffensif, et aussi bienveillant qu'eux. Je ne doutais pas que c'était grâce à ce Gulliver qui m'avait précédé – et qu'ils avaient manifestement beaucoup aimé. J'avais très envie d'en savoir plus sur lui.

Quand je me suis levé de nouveau, entouré de toutes ces personnes minuscules qui me dévisageaient et se demandaient, bouche bée, quelle taille je faisais, j'ai pu pour la première fois regarder autour de moi, non pas mes compagnons, mais le pays sur la côte duquel j'avais échoué, ce pays qui devait être l'Angleterre.

Je suis monté tout en haut des dunes, prenant grand soin de ne piétiner personne, ni les chevaux ni les chariots. De là, j'ai vu que la mer m'entourait, que je me trouvais sur une petite île en forme de fer à cheval, avec des bois, des champs et des rivières. Il y avait des moutons, des vaches et des chevaux dans les champs, et j'apercevais un village dont les rues étroites descendaient jusqu'à un port

rempli de bateaux. Il y avait des plages de sable, des dunes en pente douce, semblables à celles sur lesquelles je me tenais ; et au loin, une autre île. Tout au bout de mon île, à une extrémité du fer à cheval,

une montagne rocheuse se dressait, abrupte. Des falaises devaient tomber à pic de l'autre côté. Je me suis alors rappelé que Mère m'avait dit – à moins que ce n'eût été Jimbo, dans le camp de réfugiés

– que l'Angleterre était une île. De sorte que ce village que je voyais non loin devait être Mevagissey ! J'étais si près du but !

J'avais hâte de m'en assurer, hâte d'explorer, et je serais parti sur-le-champ si Mamie Baruta et Tapit n'avaient pas eu d'autres projets. Ils agitaient la main, me faisaient signe de redescendre. Quand je me suis rapproché, la vieille dame m'a appelé, essayant de me dire quelque chose. Je ne la comprenais pas. Tapit s'est allongé sur le sable à mes pieds, mimant manifestement ce qu'elle voulait que je fasse. J'ignorais complètement pourquoi ils voulaient que je m'allonge, mais je l'ai fait quand même. Je me suis étendu dans le sable chaud et j'ai attendu. Je savais que ces gens ne me voulaient pas de mal, et qu'ils étaient de toute façon trop petits pour me blesser. Je n'étais pas mécontent de rester là à me prélasser au soleil, les yeux fermés.

Pendant un petit moment, il ne s'est rien passé. À moitié endormi, j'ai relevé la tête une ou deux fois pour voir ce qu'ils faisaient. Ils allaient et venaient sur leurs chevaux et leurs chariots, sans doute occupés à transporter d'autres choses. Je sentais que certains d'entre eux marchaient sur mes jambes, puis sur mon torse et jusqu'à mon cou. Encore les enfants qui s'amusaient, ai-je pensé.

Mais pas du tout. Ils n'étaient pas là pour jouer. Ils avançaient d'un pas déterminé sur ma jambe, traversaient mon torse d'une épaule à l'autre. Ils tendaient un fin ruban de ma taille à mon épaule, de ma cheville à ma taille, de mon poignet à mon épaule. Ils me mesuraient !

Ils mesuraient toutes les parties de mon corps, y compris ma tête, et même mes pieds – ce qui m'a chatouillé. Puis ils m'ont fait comprendre qu'ils voulaient que je soulève mon bassin pour pouvoir passer un ruban sous moi et mesurer ma taille.

Une fois leur travail terminé, ils sont tous partis, et je me suis retrouvé seul avec Mamie Baruta et Tapit. La vieille dame est allée s'asseoir sur son rocher. De là, avec Tapit à côté d'elle, elle s'est mise à me parler. Plus elle parlait, plus je comprenais au moins en partie ce qu'elle essayait de me dire. Quand je ne comprenais pas, quand j'avais l'air trop perplexe, Tapit mimait pour moi ce qu'elle voulait me communiquer.

Je crois qu'elle essayait de me dire à quel point elle était contente que je sois venu, et à quel point je ressemblais à Gulliver – pas tout à fait aussi grand, mais quand même immense – et que ce dernier était venu sur leur île il y avait très, très longtemps, presque trois cents ans auparavant, que, petit garçon, son grand-père à elle l'avait très bien connu et beaucoup aimé, que les gens sur cette île vivaient très longtemps, qu'elle-même avait cent quarante-cinq ans – si j'avais bien compris – et que Gulliver avait appris l'anglais à son grand-père et à tous les habitants de l'île, si bien que tous sur Lilliput parlaient désormais deux langues, la leur et celle de Gulliver, l'anglais. Elle semblait me dire que Gulliver leur avait appris énormément de choses qu'ils ignoraient ou ne comprenaient pas auparavant.

J'avais énormément de questions. Alors, avec le peu d'anglais que je connaissais, un peu de signes et de mime, j'ai tenté de poser celle qui me préoccupait le plus. J'ai écarté les bras en grand.

– C'est l'Angleterre ? Fore Street ? Est-ce que je suis… en Angleterre ?

Ils ont échangé un regard, puis Tapit a secoué la tête et parlé lentement pour m'aider à comprendre :

– Ici, Fils de Gulliver, tu es sur l'île de Lilliput. Tu es à Lilliput. L'Angleterre est très, très loin, de l'autre côté de la mer.

Il désignait la mer, l'horizon, le soleil qui se couchait. Je le comprenais très bien.

Mon cœur s'est serré. Ce n'était pas l'Angleterre, tout compte fait. On m'avait peut-être accueilli comme un vieil ami, ces petites personnes étaient

peut-être les personnes les plus gentilles sur terre, mais Mevagissey n'était pas le port que je venais de voir. Oncle Saïd n'était pas là. Mère ne viendrait jamais là. Ils se trouvaient très loin, de l'autre côté de la mer.

Je voulais rester seul. Je me suis éloigné d'eux sur la plage, et je me suis allongé dans le sable. J'ai fermé les yeux pour ne pas pleurer. Mais Mère ne quittait plus mes pensées.

Je n'arrêtais pas de me dire qu'un jour elle arriverait en Angleterre et ne m'y trouverait pas, que je ne serais pas avec Oncle Saïd dans son café sur Fore Street, Mevagissey. Cela lui briserait le cœur, tout comme cela brisait le mien de penser qu'entre elle et moi s'étirait un immense océan, rempli de vagues et de tempêtes, et que je ne la reverrais peut-être jamais.

Je me suis promis alors, allongé sur cette plage, qu'un jour je traverserais cette mer malgré toutes les vagues et les tempêtes, et que je la retrouverais.

Deuxième partie

9

Où en étais-je ?

Une petite voix dans mon oreille gauche a interrompu mon histoire.

– Tu ne lui as pas encore parlé de nous, disait-elle. On était là. C'est aussi notre histoire, tu sais.

Une autre voix s'est élevée, résonnant cette fois dans mon oreille droite.

– Et je te ferais dire qu'on a travaillé dur pour te nourrir, au cas où tu l'aurais oublié ! Toi, tu ne faisais que dormir. Tu n'arrêtais pas de t'endormir.

Puis, dans mon oreille gauche :

– Et tu ronflais dans ton sommeil, très fort, comme le tonnerre.

– J'y viens, ai-je répondu. Soyez patients. Comment pourriez-vous apparaître dans l'histoire alors que je ne vous ai pas encore rencontrés ? Bon… où en étais-je ?

– Sur la plage, est intervenue J.J., les ignorant

tous les deux et m'encourageant à continuer. Le soleil se couchait, et j'ai vraiment envie d'entendre le reste de cette histoire. Raconte-moi, raconte-moi.

Alors je lui ai raconté.

*

Je me suis réveillé en me demandant où j'étais. Il m'a fallu un moment pour pouvoir rassembler mes pensées et mes souvenirs afin de comprendre où je me trouvais et ce que je voyais. Je me suis assis et j'ai regardé autour de moi.

Le rivage grouillait de petites personnes qui m'observaient, assises en silence. Je me suis étiré et j'ai bâillé, ce qu'elles ont toutes trouvé très drôle. Assise sur son rocher, la vieille dame me souriait. À en juger par l'expression de son visage, de tous leurs visages, quelque chose se préparait.

Voyant que j'étais réveillé, Mamie Baruta s'est levée, et tout le monde l'a imitée. Un murmure d'excitation enflait autour de moi. Et soudain, j'ai compris pourquoi. Ils me présentaient une tenue entière : une chemise, un gilet, une longue veste rouge avec des boutons argentés, un pantalon, une paire de chaussures à boucle et un tricorne – tout à fait le genre de vêtements que portaient Tapit et les autres hommes de Lilliput. Il a fallu au moins six d'entre eux pour soulever et me montrer l'une des chaussures. Pour le long manteau rouge aux boutons argentés, il en a fallu des dizaines. Et tous souriaient, fiers de ce qu'ils avaient fait pour moi.

Je n'en croyais pas mes yeux. En quelques heures, ils avaient confectionné tous ces vêtements ! Pour moi ! Je me sentais tellement honoré. J'aurais voulu dire quelque chose, les remercier, mais j'étais profondément ému, et je n'arrivais pas à parler. Quelques instants plus tard, j'étais assis sur la plage, le chapeau sur la tête, les genoux et les bras chargés de mes nouveaux vêtements.

Les serrant contre moi, je me suis levé. Je voulais essayer immédiatement ces merveilleux habits, et je voyais bien qu'ils avaient hâte aussi. Mais je ne voulais pas me changer devant eux. Mamie Baruta a tout de suite compris ce qui me chagrinait, pourquoi j'hésitais, et elle s'est mise à agiter sa canne en direction des dunes derrière moi. Je me suis retourné et je les ai gravies en courant avec mon tas de vêtements, essayant de ne rien laisser tomber. J'ai disparu dans les dunes, où je me suis rapidement transformé en géant très bien habillé, un géant lilliputien. Les vêtements m'allaient parfaitement, y compris les chaussures et le chapeau.

Quand je suis réapparu et me suis planté en haut de la dune, les bras en l'air, ils se sont tous mis à m'applaudir frénétiquement. J'ai remarqué que Mamie Baruta semblait très émue. Elle pouvait parfois avoir l'air sévère, mais je l'aimais bien. Elle avait le rire et les larmes faciles. Elle ne cachait jamais ses sentiments. Comme j'allais vite l'apprendre, tous les Lilliputiens sont comme ça. Ils parlent avec leur cœur.

À partir de ce moment-là, je n'ai plus été un fugitif, ni un réfugié, ni un migrant comme je l'avais été dans le camp avec Mère, pendant mon long voyage en mer. Désormais, j'avais trouvé ma place. J'étais chez moi ici, avec ces gens merveilleux qui m'avaient accueilli si chaleureusement. Lilliput était mon foyer. Je n'étais peut-être pas petit comme eux, mais j'étais l'un des leurs. Voilà pourquoi ils m'avaient accueilli et nourri, pourquoi ils m'avaient fabriqué de nouveaux vêtements.

Je regrettais seulement que Mère ne soit pas avec moi, qu'elle me manque autant. J'étais heureux, mais en même temps, mon cœur était lourd de tristesse.

Ils ne m'ont pas donné que des vêtements ce premier jour. Tandis que certains d'entre eux s'affairaient à découper du tissu, fabriquer des chaussures et un chapeau, d'autres me préparaient une autre surprise, et ils étaient tout aussi excités par celle-ci que par la présentation de ma nouvelle tenue.

Ce même soir, flanqué de Mamie Baruta et de Tapit, j'ai traversé l'île jusqu'à son extrémité montagneuse. Menés et suivis par une foule immense de petites personnes, dont les enfants couraient et sautillaient devant nous, nous avons progressé à travers champs et sur des chemins, et nous sommes arrivés au petit village près de la mer. Je pouvais à peine passer dans ses rues étroites. Les maisons étaient minuscules, tout le village était minuscule. Aucun toit ne dépassait mes genoux. Puis nous sommes parvenus au port. Certains bateaux de pêcheurs étaient amarrés, d'autres avaient jeté l'ancre dans la baie.

De là, je distinguais mieux l'autre île, celle que j'avais remarquée précédemment. Je me suis penché et j'ai tapoté l'épaule de Mamie Baruta avant de la pointer du doigt.

– Blufescu, a-t-elle dit.

Elle n'a rien ajouté, et Tapit non plus. Je me suis

rendu compte que ni l'un ni l'autre ne voulait ne serait-ce que la regarder. J'avais l'impression que l'île de Blufescu les rendait nerveux, mal à l'aise, et qu'ils ne voulaient pas que je m'y intéresse.

Dans tous les endroits où on m'a conduit ce soir-là, les gens semblaient prévenus de mon arrivée. L'accueil qu'ils me réservaient était extraordinaire. Ils jetaient des fleurs depuis leurs fenêtres. Ils m'applaudissaient et m'acclamaient dans les rues. On aurait dit que tous les habitants de l'île étaient sortis pour me saluer, pour me regarder passer. Des centaines d'entre eux se sont joints à la procession et nous ont suivis dans les rues, devant les maisons autour du port. Des musiciens jouant de la flûte et du tambour nous précédaient désormais, les enfants dansaient devant nous, faisaient l'équilibre et des sauts périlleux – ils étaient incroyablement agiles, ces enfants lilliputiens, tous des acrobates, aurait-on dit.

Nous avons rapidement laissé le village et le port derrière nous et emprunté un chemin qui s'enfonçait dans la vallée profonde et suivait un ruisseau le long duquel poussaient des fleurs, des fleurs magnifiques, magenta, violettes, et orange, aussi – il y avait des soucis partout. Je découvrirais plus tard que les soucis poussaient abondamment sur toute l'île, à l'état sauvage.

La vision de ce ruisseau m'a encore donné soif. Je me suis arrêté pour boire. L'eau était claire, douce et rafraîchissante. Mais en m'accroupissant pour me désaltérer, j'avais apparemment encouragé certains des enfants à me monter dessus. Et voilà pourquoi, quand nous sommes repartis, je me suis retrouvé avec une dizaine d'enfants accrochés à moi, certains sortant la tête de mes poches, d'autres assis sur mes épaules. Les enfants lilliputiens, je m'en apercevais déjà, aimaient particulièrement se percher sur mes épaules, et sur mon chapeau, aussi ! Je crois qu'ils aimaient juste voyager le plus haut possible.

Nous sommes sortis de la vallée et avons traversé des pâturages de moutons, derrière lesquels je voyais des collines pentues, et une vaste plaine en contrebas, avec la haute montagne rocheuse au-delà. Et alors, contre la façade rocheuse, j'ai aperçu le plus gros bâtiment de l'île. Il était en bois, comme toutes les autres constructions de Lilliput. Pour eux, il devait sembler énorme, mais pour moi, ce n'était guère plus qu'une petite hutte avec un toit de paille, et une porte à peine assez grande et assez large pour que je puisse me faufiler à l'intérieur. Ils me la montraient avec une grande fierté. Ils l'avaient bâtie à mon intention et, comme pour mes vêtements, ils avaient accompli tout ça en une seule journée.

Je suis resté planté là à l'admirer, émerveillé. Ils attendaient que j'entre, me faisaient signe d'avancer, me souhaitaient la bienvenue chez moi. Ils ne savaient pas ce que ça signifiait pour moi, d'avoir de nouveau un chez moi.

10
Merci

J'ai dû me pencher un peu pour passer la porte. À l'intérieur, contre le mur du fond, se trouvait un lit, mon lit. Il s'étirait sur presque toute la longueur de la maison, assez large et assez long pour que je puisse m'y allonger facilement. Je pouvais tout juste me tenir debout, malgré le plafond bas. Il y avait une cheminée et, à côté, d'abord une chaise en bois au dossier et à l'assise en jonc tressé puis, sous la fenêtre, une table d'apparence robuste. Sur celle-ci, une assiette, une cuillère, une tasse, toutes en bois, et de la bonne taille pour moi. Ils avaient pensé à tout.

J'avais imaginé que certaines petites personnes, notamment Mamie Baruta, me suivraient dans la maison. Mais une fois à l'intérieur, je me suis retrouvé seul. J'ai regardé par la fenêtre. Ils étaient tous assemblés dehors, en silence. Puis de ce silence est né un fredonnement, et j'ai vu les enfants se balancer à ce rythme, imités par tous les autres, y compris par Mamie Baruta et Tapit. Ce son m'a réchauffé le cœur. C'était la berceuse de Mère, ma chanson. Ils fredonnaient notre chanson – le premier indice de la rapidité d'apprentissage de ces Lilliputiens. Je savais qu'ils voulaient que je sorte et que je les rejoigne, qu'ils espéraient que je le ferais.

Mais je n'étais pas pressé. J'avais besoin de temps pour rassembler mes pensées. Et de toute manière, je devais tout essayer dans la maison. Je me suis assis sur la chaise. Je me suis étiré sur le matelas en paille, et j'ai contemplé le plafond. Ils y avaient peint un ciel bleu foncé, avec un croissant de lune jaune et des étoiles. Allongé, j'ai remercié ces étoiles porte-bonheur. J'ai remercié Dieu, et j'ai remercié Mère de m'avoir forcé à monter sur ce bateau. Même si je n'atteignais jamais l'Angleterre, ai-je pensé, même si je ne revoyais jamais Mère, ce pourrait être ma maison pour toujours, je serais heureux ici, et en sécurité.

Mais alors, j'ai réfléchi. Mère serait bientôt en Angleterre et m'attendrait à Fore Street, Mevagissey – peut-être y était-elle déjà. Je devais essayer de toujours m'en souvenir, et de tenir la promesse que je m'étais faite. Un jour, j'irais là-bas et je la retrouverais.

Dehors, j'entendais toujours ce fredonnement, la berceuse de Mère, la chanson qu'ils s'étaient appropriée. Au bout d'un moment, je me suis levé et me suis dirigé vers la porte. Quand je l'ai ouverte, ils se sont tus, attendant que je dise quelque chose. Je savais quel mot anglais je voulais employer.

– Merci. Merci.

Plus tard, une fois couché, j'ai fait une autre promesse à Mère : chaque soir, avant de m'endormir, je lui parlerais, je m'adresserais à elle à voix haute, comme si elle était assise là sur mon lit. Ce premier soir dans ma nouvelle maison, je lui ai tout dit sur Lilliput et la gentillesse des petites personnes, sur Mamie Baruta et Tapit, sur leur bonté à mon égard, sur mes vêtements et ma maison, et je lui ai dit que j'étais en sécurité et heureux avec eux, et qu'ils semblaient parler deux langues, dont l'anglais, une vraie chance pour moi, vu que je le parlais un peu grâce au cricket, et grâce à Jimbo et aux autres travailleurs humanitaires du camp, assez pour dire un ou deux mots, et pour comprendre un minimum.

Je lui ai parlé de mon nouveau nom, Fils de Gulliver – et lui ai expliqué que les enfants aimaient m'appeler Owzat –, mais je lui ai assuré que je n'oublierais jamais mon ancien prénom, ni Père, ni Hanan, ni elle. Je serais toujours Omar. Et je n'oublierais pas mon ancienne maison ni notre langue – je lui parlais en pachto, bien sûr. J'ai ajouté que j'espérais qu'elle serait bientôt saine et sauve avec Oncle Saïd à Fore Street, Mevagissey, en Angleterre.

– Es-tu déjà là-bas ? lui ai-je demandé. Tu dois me répondre, Mère, dis-moi. Comme ça, je saurai que tu es vivante. S'il te plaît, parle-moi.

Mais elle n'a rien dit.

C'est donc ainsi que s'est terminée ma première journée sur Lilliput. Une longue journée que je n'oublierai jamais.

11
Zaya et Natoban

– Tu n'as toujours pas parlé de moi à J.J., a murmuré la petite voix dans mon oreille gauche, Zaya.

– De moi non plus, a renchéri l'autre voix dans mon oreille droite, celle de Natoban, plus forte – il parlait toujours plus fort.

– J'y viens, j'y viens, ai-je répondu. Vous allez bientôt apparaître dans l'histoire, vous allez voir. Bon, je peux continuer ?

Je me suis lancé avant qu'ils ne puissent m'interrompre.

*

Sans mes deux amis, Zaya et Natoban, que vous voyez assis sur mes épaules, ai-je dit à J.J., je ne suis pas sûr que j'aurais appris correctement l'anglais. Ces deux-là, ainsi que Mamie Baruta et

Tapit, se sont chargés de me l'enseigner. Je n'avais pas le choix. Je devais l'apprendre. Personne à Lilliput ne parlait un mot de pachto, ma langue maternelle.

Dans les jours et semaines qui ont suivi, j'ai vite progressé. Les enfants sont les meilleurs des professeurs. D'abord, ils se moquent que vous fassiez des erreurs. Ils y sont habitués. Pour eux, ce n'est pas un problème. Ils savent que c'est en se trompant qu'on apprend. Et les enfants lilliputiens, comme la plupart des enfants, sont joueurs, vifs, si bien qu'avec eux apprendre devient amusant. Ils veulent que ce soit amusant. Et ces deux-là tenaient vraiment à ce que j'apprenne. Ils voulaient que je les comprenne, et ils voulaient me comprendre. Et donc, avec ce type d'encouragement, j'ai avancé vite et facilement.

Il y avait tant de choses que je voulais savoir, mais que je ne pouvais pas demander, tant de choses que je voulais leur dire, sans en être capable. Par exemple, lors de ces premiers jours à Lilliput, j'ignorais complètement quel âge pouvaient bien avoir ces Lilliputiens – à part Mamie Baruta. Avec le temps, les enfants m'ont dit quel âge ils avaient tous. Compter sur les doigts nous a aidés. Je connaissais déjà le quatre et le six, bien sûr, grâce au cricket. C'était donc un début. J'ai appris à compter en anglais avant presque tout le reste.

Ils m'ont expliqué qu'à Lilliput les enfants restaient des enfants jusqu'à l'âge de trente ans. Ils ont tous eu du mal à croire qu'un géant comme moi n'avait que douze ans – ce qui était effectivement mon âge quand je suis arrivé sur Lilliput.

Mais maintenant, J.J., le moment est venu de vous parler de Zaya et de Natoban, qui, après quatre ans de vie sur Lilliput, sont devenus mes meilleurs amis au monde. Zaya est assise sur mon épaule gauche, Natoban sur la droite. Zaya a trente-trois ans, Natoban aussi. Ce ne sont donc plus des enfants, même s'ils l'étaient encore quand j'ai fait leur connaissance. Ils sont frère et sœur, jumeaux. Peu après mon arrivée sur l'île, Mamie Baruta a fait d'eux mes gardiens. C'était quelque chose de très commun, là-bas. Toutes les personnes âgées ou seules avaient un jeune gardien ou deux pour veiller sur elles. Moi, je n'étais pas vieux, mais j'étais seul.

Je suis donc devenu leur frère adoptif, et ils sont devenus mon frère et ma sœur adoptifs. Nous nous sommes adoptés mutuellement. Frères et sœur pour la vie, comme vous allez le voir.

*

Maintenant qu'ils faisaient partie de l'histoire, ils étaient tous les deux beaucoup plus contents, et donnaient des coups de poing en l'air chaque fois que je les mentionnais.

– Frères et sœur pour la vie, ont-ils répété dans mes oreilles. Continue, Owzat, continue !

C'est donc ce que j'ai fait.

*

Zaya et Natoban venaient tous les jours chez moi avec une dizaine d'autres enfants pour les aider. Ils m'apportaient toute la nourriture et la boisson dont j'avais besoin, ainsi que du bois pour le feu. Je me suis vite rendu compte qu'en raison de ma taille gigantesque, s'occuper de moi demandait beaucoup de mains et de travail. J'adorais les avoir avec moi. Ils s'asseyaient souvent sur le rebord de la fenêtre, près de ma table, et me regardaient manger. Ils semblaient toujours stupéfaits par tout ce que je faisais, par les quantités que j'ingurgitais, par mes immenses pas quand je traversais la pièce, par la puissance de ma voix quand je parlais. Chaque fois que j'essayais de murmurer, cela les faisait rire. Les enfants lilliputiens, comme tous les enfants, aiment la vie

et adorent rire. Ils peuvent se montrer prudents, mais jamais craintifs. Ils ressentent les choses avec intensité, et pensent avec intensité, si bien qu'ils disent toujours ce qu'ils ont sur le cœur – et vous

interrompent souvent –, et c'est aussi pour ça qu'ils posent autant de questions. Ils ont toujours plein de choses à dire, parce qu'ils s'intéressent beaucoup à tout et à tout le monde. Ils disent ce qu'ils pensent, ce qu'ils croient. Ils disent la vérité. C'est ce que font les enfants.

Et ils sont aussi d'une curiosité insatiable. Ces deux-là adoraient explorer, et m'explorer, moi – en particulier ces premiers jours, avant que je ne leur devienne familier. Dès que je m'asseyais, ils me grimpaient dessus. Ce sont eux qui se sont mis à m'appeler Homme Montagne. Bientôt, tous les habitants de l'île m'appelaient Homme Montagne, Owzat ou Fils de Gulliver.

Les Lilliputiens sont de merveilleux grimpeurs. Zaya et Natoban trouvaient toujours le moyen d'escalader mon manteau jusqu'à mes épaules. Quand je partais me promener sur l'île, ils voulaient toujours que je les emmène. Pas vrai ? Souvent, d'autres enfants se joignaient à nous et montaient partout sur moi. Quand il n'y avait plus de place sur mes épaules, Zaya et Natoban se rabattaient sur les poches de ma veste, d'où ils sortaient la tête pour regarder le paysage et me parler, et cela leur convenait. Finalement, ils voyageaient surtout dans mes poches.

Je devais constituer un spectacle étrange, ces premiers jours, tandis que j'errais sur l'île avec mes deux fidèles compagnons – car c'est ce qu'ils étaient pour moi. Ces deux-là me servaient toujours de guides lors de mes déplacements sur l'île.

Natoban aimait s'asseoir comme en ce moment

même, à côté du lobe de mon oreille droite, qu'il tordait dans un sens ou dans l'autre pour m'indiquer la direction à prendre, et sur lequel il tirait une fois s'il voulait que je m'arrête, deux fois s'il voulait que je m'asseye.

Pendant que nous marchions, Zaya me montrait ceci et cela et me donnait le nom de chaque chose en anglais, puis me le faisait répéter. Et parfois, quand elle me le demandait, je lui disais des mots en pachto – elle parle maintenant pachto aussi bien que je parle anglais.

J'en suis vite venu à les considérer comme bien plus que des amis.

J'avais une nouvelle sœur, et un frère, aussi.

12
Nuages noirs

– Au passage, moi aussi je peux dire des mots en pachto, est intervenu Natoban.

– Moi plus, a répliqué Zaya.

– Seulement parce que tu parles plus, de toute façon, a lancé Natoban.

– Ce n'est pas vrai.

– Si.

– Est-ce que je peux continuer, s'il vous plaît ? ai-je demandé.

– Continue, Omar, a dit J.J., impatiente, mais rieuse. Je t'écoute. Je veux entendre la suite. Je veux l'entendre.

Son bateau demeurait immobile sur la mer silencieuse, presque comme si lui aussi attendait que je poursuive.

*

J'en apprenais de plus en plus sur la vie du peuple de cette île. Debout sur la montagne qui surplombait ma maison, Lilliput s'étendait sous mes pieds, les chemins formant comme une grosse toile d'araignée sur toute l'île, à travers les forêts et les champs, de maisons en fermes.

Les aigles qui planaient n'étaient pas plus gros que des mouches, pour moi, les baleines qui recrachaient de l'eau en mer pas plus grandes que des sardines, les moutons et les vaches et les cochons faisaient à peine la taille d'une souris. Où que je regarde, des petites personnes travaillaient dans les champs avec leurs chevaux, et les bateaux de pêche fendaient les vagues au large. Il y avait toujours des enfants en train de jouer ou d'escalader des arbres – et peu de ceux-ci étaient plus grands que ma main. Les enfants nageaient dans la mer ou pataugeaient dans les ruisseaux. Et ils chantaient souvent tout en jouant. Ils adoraient chanter, et j'adorais les écouter.

Comme je pense vous l'avoir dit, J.J., l'île était toute petite. Du haut de ma montagne, je voyais à peu près tout et tout le monde. J'ai vite appris à connaître la moindre ferme, la moindre rue du village près de la mer, le moindre bateau entrant ou sortant du port. J'ai vite pu reconnaître tous les gens aussi, je savais où ils habitaient, quel travail ils faisaient. Zaya et Natoban m'emmenaient partout, me montraient tout, me racontaient tout, faisaient en sorte que je me sente chez moi.

Dans le village, il n'y avait pas d'école comme il y en avait eu dans ma ville, du moins aucune que je puisse voir. J'ai appris de Naya et de Natoban que, sur Lilliput, tout le monde apprenait de tout le monde, si bien qu'il n'y avait pas d'école. Ils n'avaient même pas l'air de savoir ce que c'était.

Et ils répondaient à toutes mes questions – sauf une.

Je m'interrogeais toujours sur l'île que je voyais en face de Lilliput, de l'autre côté du chenal, celle qui, je le savais, s'appelait Blufescu, et dont

personne ne voulait jamais parler. Plus d'une fois, j'ai tenté de questionner ces deux-là. Mais ils détournaient toujours le regard et refusaient

d'en dire un mot. Parfois, Zaya frissonnait à la seule mention de ce nom, et j'ai remarqué que dans ces moments-là, Natoban lui prenait souvent la main pour la réconforter.

Par les jours les plus dégagés, quand il n'y avait pas la brume marine souvent présente entre les deux îles, au-dessus du chenal, j'apercevais la montagne de Blufescu, une montagne haute au pic pointu, déchiqueté. L'île semblait plus grande et plus longue que Lilliput, en forme de croissant dont les cornes pointaient sur sa voisine, telles les pinces d'un crabe en colère. Des nuages sombres et menaçants pesaient souvent au-dessus de Blufescu.

Je me demandais qui vivait là-bas et pourquoi les gens de Lilliput n'arrivaient pas à regarder cet endroit, et encore moins à l'évoquer.

Il est vrai qu'il ne me paraissait pas accueillant du tout. Chaque fois que je posais les yeux sur l'île nuageuse de Blufescu, je me disais que j'avais eu beaucoup de chance de m'échouer sur Lilliput.

Et, comme je le découvrirais bien assez tôt, j'avais raison.

13
Un arbre à escalader

Il semblait ne pas y avoir de limites à la bonté et à l'hospitalité de ce peuple bienveillant. Je ne pouvais évidemment pas entrer dans leurs minuscules maisons, mais ils m'invitaient souvent à me pencher pour regarder par leurs fenêtres, afin de voir un nouveau-né, ou de saluer une personne âgée assise près d'un poêle. Je passais rarement devant une maison sans qu'on m'offre une miche de pain frais, dont je faisais à peine une bouchée.

Où que j'aille, les familles de fermiers étaient toujours fières de me montrer leurs animaux ; chez eux, n'importe quel animal, qu'il soit d'élevage ou sauvage, était traité comme un membre de la famille. Cependant, les chevaux ne m'aimaient pas beaucoup. Ils agitaient la tête dans ma direction et me montraient le blanc de leurs yeux. J'étais tout simplement trop gros pour eux. J'essayais de m'allonger dans les champs pour me faire aussi petit que possible, puis je tendais tout doucement la main vers eux. Mais ils n'étaient pas stupides. Ils savaient bien que j'étais toujours l'imposant géant qu'ils avaient vu précédemment. J'ai tenté plus d'une fois de sympathiser avec eux, et ils m'ont plus d'une fois tourné le dos et donné un coup de sabot. Ils avaient de petits sabots pointus, et un coup sur mes doigts ou mes chevilles pouvait me faire vraiment mal.

Les enfants, qui me suivaient en nombre où que j'aille, se réjouissaient quand cela arrivait. Ils adoraient m'entendre crier ou me voir secouer mes doigts endoloris, ou sautiller sur place. Ils jouaient avec mes mots comme s'il s'agissait de jouets, et « Owzat » était devenu leur jouet préféré. En fait, c'était ainsi que la plupart des enfants me saluaient toujours sur l'île.

– Salut, Owzat ! Bonjour, Owzat !

Comme tout le monde me parlait anglais, j'ai rapidement réussi à comprendre cette langue. La parler n'était pas aussi simple. En général, ces deux-là étaient avec moi, assis sur mes épaules, comme maintenant. Zaya et Natoban m'accompagnaient toujours, m'apprenaient toujours de nouveaux mots, me les rappelaient et me corrigeaient, surtout mon accent.

*

– Tu te débrouilles assez bien maintenant, a chuchoté Zaya dans mon oreille gauche.

– Pas aussi bien que nous, a nuancé Natoban. On le parle mieux. Et d'ailleurs, je pense que cette histoire a assez duré. On la connaît, Zaya et moi, tu sais.

– Mais pas J.J., ai-je répliqué. Elle n'était pas là, si ?

– J'aurais aimé être là, a dit J.J. Je veux tout savoir, tout.

Natoban m'a pincé le lobe de l'oreille – c'était souvent sa manière de me montrer son agacement ou son impatience. Je l'ai ignoré, j'ai secoué la tête pour le faire arrêter, et j'ai continué quand même.

*

Les enfants de Lilliput aimaient particulièrement quand j'essayais de parler. Ils gloussaient et se moquaient de moi, ils me taquinaient, mais jamais méchamment. Les gens de Lilliput n'étaient jamais méchants, ni envers moi, ni les uns envers les autres, ni envers les animaux. Ce n'était pas dans leur nature.

J'essayais souvent d'imaginer comment je devais leur apparaître, moi l'étrange visiteur qui les dominait, géant qu'ils avaient accueilli et soigné, avec ses grandes mains, ses grands pieds, son gros nez et ses grandes oreilles. J'étais un arbre à escalader – les adultes se sont eux aussi mis à m'utiliser ainsi. Un jour, j'ai dénombré soixante-dix Lilliputiens en train de m'escalader en même temps. Ils se balançaient sur moi, marchaient le long de mon bras tendu, essayaient même parfois de garder l'équilibre sur ma tête. Quand je m'allongeais, ils dansaient sur moi, rebondissaient sur moi. Ils adoraient m'imiter, mon accent, ma voix forte, mes immenses pas. Ils marchaient comme moi, parlaient comme moi. Et ils se sont vite rendu compte que je craignais les chatouilles, qu'il n'en fallait pas beaucoup pour que je me mette à glousser. Ils aimaient m'entendre rire, et j'aimais rire, moi aussi. Je n'avais pas ri comme ça, joué comme ça, aimé la vie comme ça depuis que la guerre avait frappé ma ville et mon univers, mettant fin à mon bonheur. Quand je m'amusais avec mes nouveaux amis à Lilliput, je pouvais oublier tout ça. Rire vous aide à oublier. Les amis vous aident à oublier.

Quoi que je fasse, où que j'aille, Zaya et Natoban ne me quittaient pas. Ils étaient et sont encore mes gardiens et mes guides – même s'ils m'interrompent parfois et me pincent les oreilles. Nous nous promenions sur l'île ensemble, gravissions la montagne ensemble – facile pour moi, pas si facile pour eux. Ils essayaient de m'apprendre à nager

– tous les habitants de Lilliput semblaient aussi heureux et à l'aise dans l'eau que sur terre, mais moi, je n'ai jamais réussi. Je n'ai jamais pu avoir confiance en l'eau.

Je n'avais jamais vécu près de la mer, et je crois que j'avais vu trop de gens s'y noyer. Grâce à ces deux-là, il ne m'a pas fallu longtemps pour connaître l'île de bout en bout, pour qu'elle devienne comme un foyer pour moi. Et chaque soir, quand ils me raccompagnaient chez moi, il y avait à boire et à manger pour moi sur la table, et un feu pour réchauffer la maison.

Parfois, Mamie Baruta et Tapit m'attendaient près du feu. Je ne mangeais jamais seul, ne me sentais jamais seul – ils y veillaient. Je leur récitais les mots que j'avais appris durant la journée, et je voyais que cela leur faisait plaisir. Pendant ces soirées, et au cours des nombreux mois et années où j'ai vécu sur Lilliput, elle et Tapit ont été mes visiteurs les plus réguliers, et j'ai fini par bien les connaître et leur faire confiance. Ils formaient ma nouvelle famille désormais, Tapit mon oncle, Mamie Baruta ma grand-mère, et ces deux-là, un frère et une sœur.

Je sentais que je pouvais tout leur dire – qui j'étais et d'où je venais, la guerre dans mon pays, qui avait détruit nos vies et nous avait forcés, Mère et moi et des millions de gens comme nous, à quitter nos maisons et à chercher la sécurité dans d'autres pays.

Mieux je parlais anglais, plus je pouvais leur raconter de choses, et mieux je comprenais ce qu'ils me disaient. Je me rappelle que quand je leur ai décrit le bombardement de ma ville, quand je leur ai raconté que Père avait été tué et que Hanan avait disparu, Mamie Baruta a pris mon petit doigt et l'a serré.

– Gulliver disait toujours, a-t-elle commencé, que c'était pour ça que nous devions tous apprendre à être bons les uns envers les autres, que la peur et les soupçons et la colère et l'avidité et la haine mènent toujours à la guerre, et qu'une guerre en entraîne toujours une autre, tôt ou tard, que dans son monde – et son monde était celui dont tu viens, Fils de Gulliver – sévissait toujours la guerre, que c'était une maladie qui détruirait tout. Le seul remède, nous répétait-il, c'est la bonne volonté, la bienveillance et la tolérance. C'est pourquoi nous sommes devenus tels que nous sommes, ici à Lilliput. C'est grâce à Gulliver, à ce qu'il nous a révélé de votre monde. Il nous a prévenus.

Entre Mamie Baruta et Tapit – et mes amis assis sur mes épaules –, je découvrais énormément de choses sur cet homme : par exemple qu'il avait importé la langue anglaise à Lilliput trois cents ans plus tôt, ou plus, ce qui expliquait pourquoi tout le monde parlait maintenant deux langues, le lilliputien et l'anglais. J'ai appris un peu plus tard que les vêtements que je portais n'avaient pas été confectionnés spécialement pour moi, comme je l'avais toujours supposé, mais qu'ils avaient été retouchés. Ils avaient appartenu à Gulliver, et les petites personnes les avaient gardés quand il était parti. Quant à ma maison, c'était celle de Gulliver quand il avait vécu ici. Comme mes vêtements, elle avait été entretenue pendant toutes ces années, pour que tout soit prêt pour lui si jamais il revenait.

– Il n'est jamais revenu, m'a confié un soir Mamie Baruta avec tristesse. Mais nous ne l'avons jamais oublié, nous n'avons jamais oublié ce qu'il a fait pour nous, la sagesse de ses paroles qui ont changé notre vie pour toujours, nous ont aidés à devenir ceux que nous sommes. L'esprit de Gulliver vit toujours. Il n'est peut-être pas revenu comme nous l'espérions, mais toi oui, Fils de Gulliver, toi oui.

J'en apprenais donc de plus en plus sur mon prédécesseur. Mais sur Buflescu, rien. Il suffisait que je mentionne cette île pour que tout le monde sombre dans le silence. Blufescu était un livre fermé.

14
Parler à Mère

Le soir, surtout, ma tête était remplie de tout ce qui m'arrivait, de tout ce que je découvrais chaque jour, de tout ce que me racontait Mamie Baruta. Je n'étais jamais sûr d'avoir tout bien compris, mais je me suis vite rendu compte que mon arrivée sur Lilliput était l'événement le plus important et le plus bienvenu depuis celle de Gulliver, mon père, mon prédécesseur. Chaque soir, j'en racontais un peu plus à Mère, et ce n'était pas facile à expliquer. Mais j'adorais lui parler, et ça me faisait du bien d'employer le pachto, de pratiquer de nouveau ma langue. En pachto, je pouvais exprimer exactement ce que je voulais.

J'étais sûr que Mère était arrivée en Angleterre désormais, saine et sauve. Je lui demandais souvent comment ça se passait à Fore Street,

Mevagissey, et dans le café d'Oncle Saïd. Je mourais d'envie qu'elle me réponde, mais elle ne le faisait jamais, bien sûr. J'essayais de la rassurer en précisant qu'on s'occupait bien de moi, que j'étais en sécurité et heureux. Tous les soirs, je lui racontais des choses nouvelles sur Lilliput, et sur ce Gulliver qui était venu d'Angleterre il y avait très longtemps. Je lui disais que je parlais très bien anglais désormais, bien mieux que dans le camp de réfugiés, avec Jimbo et les autres travailleurs humanitaires. Que c'était une bonne chose, car quand j'arriverais en Angleterre, je serais capable de m'exprimer aussi bien que les Anglais. Je lui expliquais à quel point c'était étrange qu'on ne m'appelle plus Mini, que je sois un géant à Lilliput, mais que j'adorais ça, et qu'elle me manquait beaucoup, ainsi que tous mes amis du pays, et que j'avais envie de jouer au cricket avec eux, bien que je sache que ça n'arriverait jamais, que ces jours-là étaient terminés et que cela me rendait très triste. Je lui confiais toutes mes pensées, tous mes espoirs.

C'est en lui parlant ainsi, un soir, que j'ai soudain eu une merveilleuse idée. Je l'ai partagée avec elle. Tapit pourrait m'aider. Je savais qu'il construisait des bateaux, qu'il était charpentier, qu'il avait l'esprit pratique, et qu'il était doué pour fabriquer des choses – Mamie Baruta me le répétait tout le temps. Elle était très fière de lui. Un jour, elle m'avait emmené au port et m'avait montré l'un des bateaux de pêche qu'il avait construits – je voyais bien la joie et la fierté de Tapit, et les siennes aussi. C'était décidé, ai-je déclaré à Mère. Je commencerais le lendemain.

Au matin, je suis descendu sur la plage où nous ramassions la plus grande partie du bois flotté pour le feu, et j'ai trouvé quelques petits morceaux juste de la bonne taille et de la bonne forme pour ce que j'avais en tête. Quand je suis rentré, j'ai donné à Tapit la liste de tout ce dont j'aurais besoin, et j'ai expliqué du mieux possible dans mon anglais enthousiaste ce qu'était le cricket, toutes les règles et comment on y jouait. Je me souviens qu'il m'a regardé d'un air vide. J'ai ajouté qu'il me faudrait plusieurs battes en bois, deux jeux de trois piquets en bois également, pour les guichets, et deux balles en cuir au cas où on en perdrait une. J'ai tout dessiné pour lui sur une feuille de papier, je lui ai montré la taille de chaque objet.

Quelques semaines plus tard, j'avais plein de choses à raconter à Mère, et je savais que ces nouvelles lui feraient plaisir. Elle savait que j'adorais le cricket. Je pouvais désormais lui annoncer que j'apprenais ce sport merveilleux aux enfants lilliputiens, qu'ils aimaient déjà beaucoup ça, et qu'ils étaient très doués. Je lui ai expliqué qu'un champ plat, juste en dehors du village, faisait un terrain parfait.

Nous devions le partager avec les moutons, mais ça nous était égal. Nous avions vingt-deux joueurs – comme il se doit – et plusieurs battes en bois fabriquées par Tapit, et deux balles en cuir fabriquées par son cousin, le tanneur du village, le tout d'une taille adaptée aux Lilliputiens. Nous avions tout le nécessaire. Il m'a fallu du temps pour leur expliquer les règles et leur apprendre à jouer. Ça n'a pas plu à tout le monde, bien sûr, mais à la plupart. Et ceux qui n'aimaient pas trouvaient quand même ça drôle.

– C'est vrai que c'est drôle, est intervenue Zaya. Même si ça dure longtemps, si c'est barbant et si je ne comprends toujours pas les règles. Et quand on se prend la balle, ça fait mal.

Natoban l'a fait taire et j'ai poursuivi.

J'ai raconté à Mère qu'au début ils criaient « Owzat ! » chaque fois qu'ils lançaient une balle. Parfois, toute l'île venait assister au match et

applaudissait chaque lancer, chaque arrêt de volée, chaque course, chaque « Owzat ! ». Je lui ai dit que c'était comme à la maison, en Afghanistan, sauf qu'à Lilliput le terrain était plus herbeux et plus plat, et qu'il y avait beaucoup moins de pierres. Bien sûr, les joueurs étaient tous petits, si bien que je ne pouvais pas jouer. J'endossais donc à la fois les rôles d'entraîneur et d'arbitre.

Je parlais beaucoup de cricket à Mère, car je savais que cela la ferait sourire, je lui racontais que les enfants lilliputiens étaient des joueurs-nés, qu'ils avaient l'œil vif, des réactions rapides, et un timing parfait. Ils frappaient la balle avec force, la lançaient vite, et ils couraient comme le vent entre les guichets. Ils se sont vite mis à enseigner ce sport à leurs parents. Tout le monde semblait avoir envie de tester ce nouveau jeu.

– Pas moi, a lancé Zaya en tirant sur le lobe de mon oreille. Pas moi. J'aime courir, monter à cheval, nager et escalader. Et d'ailleurs, Owzat, j'adore aussi raconter des histoires, tu t'en souviens ?

Elle était descendue de mon épaule désormais et se tenait dans ma paume, les mains sur les hanches, me regardant avec une expression déterminée.

– Je veux raconter la suite, Owzat. Mamie Baruta dit que je suis une très bonne conteuse.

– D'accord, mais d'abord, laisse-moi parler du pommier à J.J.

– Quel pommier ? a demandé J.J. Et quel rapport avec le cricket ?

– Vous allez voir, ai-je répondu. Il s'agit de l'arbre le plus célèbre de l'île.

*

Il avait été planté à partir de très vieilles graines – des graines passées d'arbre en arbre à partir d'une pomme trouvée dans la poche de Gulliver, trois cents ans plus tôt. On l'appelait donc l'Arbre de Gulliver. C'était mon premier printemps sur Lilliput, et une grande excitation régnait sur l'île. Tout le monde attendait que la première fleur du pommier éclose, m'a expliqué Zaya.

Et puis, quelqu'un l'a repérée. Je me souviens que nous étions tous dans le champ, en pleine partie de cricket, quand Mamie Baruta est apparue, flanquée de Tapit. La partie a aussitôt été abandonnée et nous les avons suivis jusqu'à l'arbre célèbre autour duquel nous nous sommes assis. Tout le monde à part moi semblait savoir ce qui allait se passer. Et personne ne voulait me le révéler.

J'étais assis là-bas avec ces deux-là sur mes épaules, et une dizaine d'autres enfants perchés sur moi, et nous attendions tous en silence. Puis Mamie

Baruta a pointé du doigt la fleur dans l'arbre et a dit :

– Maintenant, je peux commencer l'histoire.

Cette histoire expliquait tellement de choses que je n'avais pas encore comprises. Je voyais sur tous les visages qui m'entouraient qu'elle comptait beaucoup pour tous les habitants de Lilliput. Tout le monde était là. Personne ne manquait jamais

le discours de Mamie Baruta sur la venue de Gulliver.

Dès qu'elle a commencé, j'ai eu l'impression qu'elle ne la racontait qu'à moi, et que j'étais seul avec elle. Je savais que tout le monde éprouvait la même chose. C'était l'histoire de Gulliver, de

Lilliput et de Blufescu. Ce serait aussi la mienne désormais.

*

J'ai posé les yeux sur Zaya, qui attendait toujours dans ma main.

– Voilà, ai-je dit. C'est ton tour, maintenant.

Elle est montée sur mes épaules.

– Dans ce cas, je vais commencer, d'accord ?

Et c'est ce qu'elle a fait.

Troisième partie

15

Bout arrondi, bien. Bout pointu, mal

Une fois par an à Lilliput, à l'occasion du Jour de Gulliver, c'est-à-dire le jour où apparaissent les premières fleurs sur le pommier, nous nous réunissons tous sous l'arbre pour écouter Mamie Baruta nous raconter l'arrivée de Gulliver.

« Entendez et écoutez, mes chers, mes chers Lilliputiens, et croyez et n'oubliez jamais. » Voilà comment elle commençait toujours. « Cela peut sembler difficile à imaginer, mais à une époque, nous, peuple de cette île, étions bien différents. »

C'était il y a plus de trois cents ans – le propre grand-père de Mamie Baruta était un petit garçon à l'époque – et Lilliput était un endroit très différent. Nous avions alors un empereur, et celui-ci vivait dans un palais grandiose qui est devenu notre salle de réunion, au village. L'empereur de Lilliput s'entourait de nobles et d'amis et de conseillers qui ne vivaient que pour lui plaire et le servir et s'enrichir. À l'extérieur du palais, dans la campagne, les gens travaillaient dans les champs chaque jour de l'année, chaque jour de leur vie, quel que soit le temps. Eux aussi ne vivaient que pour lui plaire et le servir, mais ils restaient pauvres. C'était une vie de loisirs et d'abondance pour l'empereur et sa cour et ses amis, mais une vie de labeur et de pauvreté infinis pour tous les autres.

L'empereur était un homme arrogant, avide et bête qui voulait seulement rester riche, et rester empereur. Il ne se préoccupait pas de son peuple. Il n'attendait de lui qu'obéissance et travail. Et pour travailler, ils travaillaient, chaque heure de chaque jour, pour nourrir l'empereur et sa cour, pour leur fournir tout ce dont ils avaient besoin. Quiconque lui désobéissait était banni sur l'île de Blufescu, de l'autre côté de la mer. L'opinion de l'empereur faisait loi, et si vous enfreigniez la loi, vous et votre famille partiez à Blufescu jusqu'à la fin de votre vie. Alors, évidemment, la plupart des gens faisaient ce qu'on leur demandait, mais pas tous, comme nous allons le voir.

À cette époque, il était de coutume à Lilliput de manger un œuf à la coque au petit déjeuner. Un matin, sur un coup de tête, l'empereur décida de promulguer une loi. Comme il ouvrait depuis toujours ses œufs à la coque du côté arrondi, il décréta que

tout le monde devait faire comme lui. « Bout arrondi, bien. Bout pointu, mal. » Tel fut son décret. À partir de ce jour, si quelqu'un ouvrait son œuf par le bout pointu, ce serait un crime, un acte de trahison, de graves déloyauté et désobéissance envers l'empereur. La punition : le bannissement à Blufescu.

Avec le temps, Blufescu devint une île remplie de personnes bannies qui n'ouvraient leurs œufs que par le bout pointu. Si bien que les peuples des deux îles devinrent ennemis, ennemis mortels. Ils ouvraient leurs œufs différemment au petit déjeuner et cela suffit pour qu'ils se déclarent la guerre. Et, comme toujours, une guerre en entraîne une autre. Les deux îles construisirent une flotte de grands navires de guerre et échafaudèrent des plans pour s'envahir mutuellement. Tout étranger arrivant sur le rivage d'une des îles était immédiatement considéré comme un ennemi ou un espion, et emprisonné ou exécuté.

Un matin, alors qu'ils ramassaient des coquillages sur le rivage de Lilliput, des enfants découvrirent par hasard un immense géant allongé sur la plage. D'abord, ils le crurent mort. Mais en se rapprochant, ils se rendirent compte qu'il respirait encore. Ils coururent aussitôt au village pour sonner l'alarme. L'empereur, ses nobles et ses soldats ainsi que tout le peuple de l'île se précipitèrent immédiatement sur la plage. La vue de cet immense géant les terrifia. « Un espion envoyé par ces traîtres de Blufescu ! s'écria l'empereur. S'il se réveille, il va tous nous tuer. Regardez sa taille ! On doit l'attacher, le maintenir fermement au sol. Alors, il sera à notre merci, et on pourra faire ce qu'on veut de lui. »

Pendant que de nombreux Lilliputiens retournaient

au village en courant pour aller chercher tous les pieux et les cordes qu'ils pourraient trouver, l'empereur ordonna à ses soldats d'approcher le géant et de tirer des centaines de flèches dans son corps tandis qu'il dormait, des flèches aux pointes empoisonnées qui le feraient dormir longtemps et profondément.

« Il pourrait nous être plus utile vivant, expliqua l'empereur. Tirez toutes vos flèches pour qu'il ne se réveille pas avant qu'on ne soit prêts. Il faut qu'il soit sans défense. » Les soldats de l'empereur firent donc ce qu'on leur demandait et tirèrent leurs flèches empoisonnées sur le géant endormi. Il ne se réveilla pas pendant des heures et des heures.

Quand il finit par revenir à lui, il se rendit compte qu'il ne pouvait pas bouger, qu'il était fermement attaché par les cheveux, les bras et les jambes. Il se débattit et donna des coups de pied, mais il ne pouvait rien faire. Encore à moitié endormi, il leur expliqua qu'il ne leur voulait pas de mal, qu'il était un marin du nom de Gulliver, que son bateau avait fait naufrage lors d'une terrible tempête. Il les supplia de le détacher, de le libérer. Il leur promit qu'il ne leur ferait pas de mal. Bien sûr, il parlait en anglais, et donc aucun Lilliputien ne comprenait un seul mot de ce qu'il disait. Et de toute manière, l'empereur n'avait aucune intention de le relâcher. Il ordonna à ses archers de tirer d'autres flèches pour qu'il se rendorme. Les Lilliputiens fabriquèrent un chariot long et bas. Puis, à l'aide de tous les chevaux de l'île, ils transportèrent Gulliver dans la cour du palais. Ils forgèrent de grandes chaînes pour qu'une fois éveillé, il puisse s'asseoir, se lever, mais ne faire que quelques pas. Il était le prisonnier de l'empereur. Jour et nuit, les soldats restaient autour de lui pour le surveiller, prêts à tirer leurs flèches empoisonnées sur l'Homme Montagne, comme ils l'appelaient, au cas où il tenterait de briser ses chaînes.

Bien sûr, il n'était pas du tout content d'être enchaîné, cet Homme Montagne, mais à part ça, il était plutôt heureux. Il était détenu dans la cour du palais, et on lui donnait suffisamment à boire et à manger. Il était la personne la plus célèbre de l'île, bien plus célèbre que l'empereur, ce que ce dernier n'appréciait guère. Les Lilliputiens se pressaient chaque jour dans la cour pour l'admirer. Ils lui

apportaient des cadeaux, du poisson, du fromage, des fruits, et le couvraient de fleurs. Et Gulliver aimait ça. Il aimait ces gens. Il n'aimait pas plus l'empereur que l'empereur ne l'aimait, mais il voyait la grande bonté de ce peuple, et se montrait bon avec lui en retour.

Pendant ce temps, l'empereur et ses nobles et ses conseillers se demandaient quoi faire de ce géant. L'un déclara qu'il fallait le tuer sur-le-champ, qu'il était trop dangereux de le garder vivant, qu'il consommait trop des ressources de l'île et que, de toute manière, il méritait de mourir puisqu'il était un espion envoyé par Blufescu, et que ça donnerait une bonne leçon à leurs ennemis. Un autre répliqua qu'il était trop grand pour qu'on le tue. Comment pourraient-ils s'y prendre ? Que feraient-ils de son corps ? Il pourrirait au soleil et dégagerait une odeur immonde. L'empereur ne disait rien. Il réfléchissait.

– Non, non, trancha-t-il finalement. J'ai une bien meilleure idée. J'ai observé ce Gulliver. Il aime cet endroit. Il aime notre nourriture, notre peuple, et les gens l'aiment. On va donc s'occuper de lui, faire en sorte qu'il se sente chez lui et, le moment venu, nous nous servirons de lui. Il nous aidera à vaincre ces traîtres mangeurs d'œufs par le bout pointu de Blufescu.

– Mais comment allez-vous vous y prendre, ô Grand et Puissant Empereur ? s'écrièrent-ils.

– Vous verrez, répondit l'empereur rusé en se tapotant le nez d'un air de conspirateur.

16
La destruction des navires de guerre

L'empereur alla donc voir Gulliver, toujours enchaîné dans la cour du palais.

– J'ai décidé que le moment est venu, Homme Montagne, de te libérer de tes chaînes. Nous avons tous appris à te faire confiance comme à un ami. Nous savons désormais que tu ne nous feras pas de mal. Nous t'avons nourri et abrité pendant tout ce temps, et les gens de Lilliput se sont attachés à toi. Moi aussi, j'en suis venu à t'aimer comme un frère. Je vais donc te libérer. Plus de chaînes. Mais je me demande, Gulliver, si tu pourrais nous aider en retour. Je suis ton ami, et je veux que tu sois mon ami, mon meilleur ami. En échange de ton aide, non seulement tu seras libre, mais tu vivras comme un empereur. Je te construirai un grand palais, tu seras aussi riche que moi.

Évidemment, Gulliver ne le crut pas. Il venait

d'Angleterre, un pays où un roi régnait sur son peuple, un roi qui ressemblait à cet empereur. Il savait qu'il ne devait pas accorder sa confiance aux riches et aux puissants, aux empereurs et aux rois.

Mais bien sûr, il voulait qu'on le libère de ses chaînes.

– Que voulez-vous que je fasse, exactement ? demanda-t-il à l'empereur.

– D'après nos informations, ces traîtres mangeurs d'œufs par le bout pointu, de l'autre côté de la mer, à Blufescu, se préparent à nous attaquer. Ils ont une immense flotte de navires de guerre dans leur port, tous armés de nombreux canons. Ils sont prêts à nous envahir. Il faut que nous les arrêtions, Gulliver. Toi seul peux nous sauver. Je veux que tu coules tous leurs navires pour nous. Alors, Lilliput et son peuple, qui a été si bon et généreux envers toi, seront en sécurité pour toujours.

Tout en écoutant ces paroles, Gulliver regardait le visage des Lilliputiens qui attendaient sa réponse.

– Très bien, je ferai de mon mieux pour assurer votre sécurité, répondit-il, choisissant soigneusement ses mots. Je verrai ce que je peux faire.

Les gens l'acclamèrent et l'acclamèrent encore, et l'empereur le remercia avec effusion. Puis ils défirent ses chaînes et le libérèrent.

– J'aurai besoin d'autant de cordes que possible, dit-il à l'empereur.

On rassembla donc toutes les cordes de Lilliput et on les lui apporta. Il les attacha, les enroula autour de lui et se prépara. Il tint la promesse qu'il avait faite ce jour-là, mais pas comme l'empereur ni quiconque s'y attendaient. Il le fit d'une manière qui changea Lilliput et Blufescu pour toujours.

Sous le regard de tous les habitants de l'île, Gulliver entra dans la mer, dépassa toute la flotte de navires de guerre de Lilliput, à l'ancre dans le port, et s'enfonça dans les vagues de l'océan. À un moment donné, à mi-chemin, le chenal devint si profond qu'il dut nager. Le courant n'était pas très fort, et la distance assez courte pour Gulliver, qui était bon nageur. Il put rapidement marcher de nouveau, assez facilement, et il entra dans le port de Blufescu.

Des navires de guerre l'entouraient par dizaines, chacun chargé de cinquante canons, et tous tiraient sur lui. Mais pour Gulliver, les boulets de canon n'étaient pas plus gros que des petits pois. Ils rebondissaient sur lui – il les sentait à peine. Depuis le rivage, des soldats tiraient des flèches, mais presque aucune ne le toucha. Tous les marins, terrifiés à la vue de ce géant qui approchait, sautèrent dans la mer et rejoignirent le rivage à la nage pour sauver leur vie.

Dominant désormais la ville tel un colosse, Gulliver se pencha et, avec les cordes qu'il avait apportées, attacha toutes les chaînes des ancres des navires de guerre. Puis il fit demi-tour et, sortant du port, il se mit à les traîner en direction du large.

Une fois suffisamment loin, il détacha les chaînes puis, un à un, il poussa puissamment les bateaux

pour les envoyer vers le large. L'empereur et tous les habitants de Bluefescu regardèrent dans un silence horrifié leur grande et fière flotte dériver et s'éloigner, à la merci du vent et des vagues, et se briser sur les rochers. Pendant tout ce temps, l'empereur et les habitants de Lilliput poussaient des acclamations depuis leurs toits, depuis le rempart du port, depuis leurs navires de guerre, témoins de ce grand triomphe sur leur ennemi détesté.

Mais quand ils virent ce que Gulliver fit ensuite, leurs acclamations s'interrompirent. D'abord, ils

crurent qu'il rentrait simplement à Lilliput à la nage après sa grande victoire, et plus il se rapprochait du port, plus ils l'acclamaient. Il leur fallut un moment pour comprendre que Gulliver n'en avait pas fini.

Attachant ses cordes aux chaînes des ancres de tous les navires de guerre lilliputiens, il leur fit subir exactement le même traitement que ceux de Blufescu. Il tira de la même manière la grande marine de Lilliput vers le large. Tous les marins plongèrent de leurs bateaux et nagèrent jusqu'au rivage. Désespérés, l'empereur et le peuple de Lilliput virent leurs navires dériver en direction des rochers contre lesquels ils se fracassèrent, tout comme ceux de Blufescu. Aucun camp ne possédait plus un seul navire à flot.

17
Le passage sur l'œuf

Mais ce n'est pas la fin de l'histoire. Vient maintenant le passage important, celui que Mamie Baruta préférait toujours raconter, et celui que préféraient aussi les enfants. «Le passage sur l'œuf», comme elle l'appelait. «Comme vous le savez, chers Lilliputiens, sans Gulliver, nous ne serions pas tels que nous sommes aujourd'hui, vivant ensemble dans la paix et l'amitié, les uns pour les autres, libres de dire ce que nous pensons, un peuple libre, un peuple plutôt heureux.»

Ce jour-là, il y a plus de trois cents ans, après avoir coulé tous les navires de guerre de Lilliput et de Blufescu, Gulliver se rendit compte que cela ne suffisait pas, qu'il fallait faire plus. Il savait qu'un camp ou l'autre – ou les deux – pourrait toujours construire de nouveaux bateaux, de nouvelles armes de guerre.

Il comprit que, pour faire la paix, il ne suffisait pas de couler les navires de guerre des deux camps. Pour s'assurer que la paix perdure, toutes les armes de guerre devaient être détruites.

Il força donc les deux empereurs à lui remettre tous les arcs et les flèches, toutes les lances, toutes les épées, tous les mousquets, canons et boulets de canon. Le grand-père de Mamie Baruta était là, un petit garçon à l'époque – elle nous le rappelait souvent quand elle nous racontait cette histoire. Il vit tout, entendit tout, se souvint de tout – de tout ce que Gulliver fit, de tout ce qu'il dit, du radeau qu'il construisit et chargea avec toutes les armes de guerre des deux îles, avant de le traîner loin dans la mer, où il le renversa, et toutes les armes finirent

au fond de l'océan. « Voilà où est leur place, leur dit Gulliver. Pas d'armes, pas de guerre. »

Débarrassé des armes, il invita ensuite l'empereur de Lilliput et celui de Blufescu, ainsi que tous leurs peuples, à se réunir sur Lilliput, pour parler de la paix, et des œufs.

Le rassemblement eut lieu devant la maison de Gulliver, sous la montagne. Tous les Lilliputiens s'assirent ensemble d'un côté, tous les Blufesciens de l'autre. Ils refusaient de s'adresser la parole. Ils ne voulaient même pas se regarder. Gulliver s'assit sur une chaise, un empereur mécontent de chaque côté de lui. Quand il se leva et prit la parole, ils se mirent tous les deux à regarder leurs ongles ou le ciel et firent semblant de ne pas l'écouter, mais ils l'écoutaient.

– Je viens d'un pays, d'un monde, commença Gulliver – et il parlait leur langue suffisamment bien désormais – où il y a toujours une guerre quelque part, parfois une dizaine ou plus en même temps. Souvent, ces guerres ont à voir avec Dieu, ou avec la façon de dire ses prières, ou de s'habiller, ou de manger, avec la langue que vous parlez, et d'autres sont déclarées pour savoir à qui appartiennent les poissons dans la mer ou l'eau dans les puits. Parfois, ce sont de ridicules querelles de famille entre des rois et des empereurs qui se disputent un bout de terre, une montagne, une île. Certains d'entre eux ne sont jamais contents tant qu'ils ne règnent pas sur le monde entier. Alors ils fabriquent d'énormes machines de guerre, assemblent de grandes armées, construisent des navires par centaines. Et ils font la guerre. Et que se passe-t-il? Je vais vous le dire. Des milliers et des milliers de personnes meurent. Des maisons et des villages et des villes sont réduits en cendres. Des enfants deviennent orphelins, des femmes veuves. Il y a de la famine, de la misère et du chagrin. Chassés de leurs maisons, les gens errent à travers le monde à la recherche de sécurité et de paix, et restent des étrangers où qu'ils aillent. Ce sont des personnes sans foyer. Mais il ne peut pas y avoir de paix dans un monde pareil. Et à la fin de chaque guerre, les problèmes sont-ils résolus? On pourrait le croire, pendant un moment. Mais le souci c'est que, qu'on ait perdu ou gagné, tôt ou tard, une guerre en déclenche toujours une autre. C'est comme ça dans le monde d'où je viens, et ce sera toujours ainsi tant que toutes les guerres ne seront pas terminées pour de bon. Et malheureusement, dans mon monde, ça n'en prend apparemment pas le chemin. J'ai vécu parmi les Lilliputiens assez longtemps pour savoir qu'autrefois, et pendant des centaines d'années, le peuple de cette île et celui de Blufescu étaient amis. Vous connaissez tous bien l'histoire : un jour, l'empereur de Lilliput, tout-puissant et rendu fou par son pouvoir, a promulgué un décret, une loi selon laquelle à l'avenir, tous les œufs à la coque devraient être mangés d'abord du côté arrondi, et quiconque les mangerait d'abord par le côté pointu serait considéré comme un traître et banni pour toujours sur l'île de Blufescu. Bien sûr, certains s'y sont opposés, ont refusé de manger leurs œufs ainsi, et l'empereur les a bannis. Ces prétendus « traîtres », ces mangeurs d'œufs par le bout pointu, ont tous fini sur Blufescu, et ceux qui sont demeurés loyaux à l'empereur, tous les mangeurs d'œufs par le bout arrondi, sont restés sur Lilliput. Ainsi, pour une simple histoire d'œufs, les deux îles sont devenues ennemies jurées, chacune affirmant que sa façon de manger les œufs était la seule valable. C'est comme ça que la guerre des œufs a commencé. Les bateaux de pêche ont été transformés en navires de guerre. Les charrues, en épées, lances et canons. Les deux îles se sont armées jusqu'aux dents. Chacune a construit une immense armée de cavaliers et d'épéistes, de lanciers et d'archers. La peur et le soupçon et la haine régnaient sur les deux îles. Chacune menaçait d'envahir l'autre. Chacune construisait des remparts pour se fortifier contre ses ennemis. Ô, fous que vous êtes, aussi fous que les gens de chez moi, en Angleterre, en Europe. Vous, nous, nous nous laissons tous entraîner par des rois et des empereurs et des gouvernements dans des guerres dont nous ne voulons pas. On nous oblige à faire de nos amis des étrangers, des ennemis. Chez moi, en Angleterre, je suis une fois parti à la guerre. J'ai vu de mes propres yeux ce qu'on y fait. La guerre nous transforme en monstres. À mon retour, j'ai tenté de m'y opposer. On ne m'a pas écouté. On m'a chassé. Je suis devenu un étranger dans mon propre pays. Mais ici, au milieu d'amis, je peux essayer. Ici, je suis grand, je suis un géant. Je pourrais tous vous détruire. Mais je ne suis pas un géant fou. Je suis un gentil géant, dans l'ensemble – vous le savez. Et je ne me mets en colère que contre les imbéciles avides qui déclarent la guerre pour une stupide histoire d'œufs. Je vais vous montrer maintenant, tout de suite, comment nous pouvons mettre un terme à toutes ces bêtises. Ne bougez pas.

18

Comment casser un œuf, pacifiquement

Gulliver se leva de sa chaise et disparut dans sa maison. Il revint rapidement avec un œuf dans une main et un petit bol dans l'autre.

– À partir de maintenant, voilà ce que nous ferons, vous, moi, nous tous, déclara-t-il. À partir de maintenant, plus personne n'ouvrira les œufs par le bout pointu, ni par le bout arrondi. Nous ne les ouvrirons que par le milieu, comme ça.

Sur ce, il tapota habilement l'œuf sur le bord du bol et le fendit au milieu.

– Comme ça, nous pourrons manger des œufs brouillés, des œufs sur le plat ou des œufs pochés, nous pourrons même faire une omelette. Comme ça, nous ouvrirons tous nos œufs de la même façon. Comme ça, personne ne perd et personne ne gagne, nous pouvons redevenir amis, et il n'y aura plus de guerres entre nous. Il n'y en aura plus besoin, et d'armes non

plus. Bientôt, notre façon de manger les œufs n'aura plus d'importance, parce que nous serons tous amis, et alors nous rirons en nous rappelant à quel point c'était absurde et triste et idiot et incroyable qu'il y ait eu une guerre des œufs. Comme ça, les Lilliputiens et les Blufesciens pourront être amis pour toujours. Qu'en pensez-vous ? Nous sommes tous d'accord ?

Les empereurs gardaient la tête basse, honteux, et tous les habitants des deux îles belliqueuses aussi.

– Et plus de guerres, d'accord ? insista Gulliver en remuant un doigt. Plus d'arcs ni de flèches, de canons ni de poudre à canon ni de lances ni d'épées. D'accord ?

– D'accord, répondirent les deux empereurs.

– Et maintenant, poursuivit Gulliver, j'aimerais que tout le monde se lève. Je veux que vous alliez tous trouver une personne de l'autre île et que vous lui serriez la main, en la regardant dans les yeux, pour lui montrer votre sincérité, pour qu'elle sache que vous le pensez vraiment, que vous voulez être son ami. Les empereurs d'abord.

Les empereurs firent donc ce qu'on leur demandait, puis tous les gens suivirent leur exemple. Certains ne le firent peut-être pas de bon cœur, au départ, mais ils le firent. C'était un début.

D'après Mamie Baruta, ce fut le commencement d'une paix qui dura pendant toute la longue vie de son grand-père, et de la sienne aussi. Et grâce à Gulliver, Lilliput et Blufescu connaissent donc la paix depuis plus de trois cents ans.

Sur nos deux îles, nous avons appris que la bonté et la tolérance sont les seuls moyens d'avancer, la bonté envers autrui, la tolérance entre les deux îles. Sans cette tolérance, il ne peut y avoir de bonté; sans bonté, il ne peut y avoir de tolérance. Gulliver nous l'a expliqué. Si on considère un étranger, un ennemi, comme un ami, il deviendra notre ami. C'est simple. Si on considère un ami comme un ennemi, un jour ou l'autre, on finira par le combattre. Et ne laissez jamais un empereur ou un roi ou un gouvernement penser à votre place. Et traitez tout étranger arrivant sur ces côtes comme un ami. Protégez vos libertés, protégez vos droits. Accrochez-vous-y comme à la vie elle-même!

Et voilà pourquoi, depuis des centaines d'années, nous n'avons plus jamais eu d'empereur, ni de roi, ni de gouvernement sur Lilliput ni sur Blufescu. Nous n'en avons pas besoin. Nous décidons de tout entre nous, n'est-ce pas? Nous vivons les uns pour les autres, veillons les uns sur les autres, travaillons pour les autres, enseignons aux autres, pour le bien et le bonheur de tous. Tout le monde applaudissait toujours à ce moment-là et répétait les derniers mots de Mamie Baruta. «Pour le bien et le bonheur de tous.»

Après avoir instauré la paix, Gulliver est resté avec nous et a vécu parmi nous de nombreuses année et, durant cette période, les Lilliputiens et les Blufesciens ont vécu pacifiquement, commerçant librement, allant et venant à leur guise d'une île à l'autre. Certains se sont mariés et ont eu des enfants. Et tout le monde fendait ses œufs au milieu et les mangeait au plat, pochés ou brouillés.

Pendant tout ce temps, Gulliver nous a appris sa langue, l'anglais. Il avait appris la nôtre, qu'on appelait désormais le lillifescien, et pensait que nous devions connaître la sienne. Il disait toujours que connaître la langue des autres était important pour les comprendre, et que de la compréhension découlait la paix. Et donc, avec le temps, les habitants des deux îles ont appris à parler anglais et, bien sûr, nous le parlons toujours.

Mais ensuite est venu le triste, triste jour où Gulliver a annoncé qu'il avait beau aimer vivre parmi nous, il était temps pour lui de rentrer en Angleterre et de retrouver sa famille, que ses proches lui manquaient un peu plus chaque jour. Et que, malgré tout, malgré toutes les guerres et la souffrance, il se languissait de son pays, que sa place était là-bas.

Le grand-père de Mamie Baruta a été l'un de ceux qui l'ont aidé à construire son bateau. Il a fallu plusieurs mois et des centaines de personnes des deux îles pour couper les arbres et construire une embarcation assez grande et solide pour le transporter en toute sécurité sur les mers jusqu'en Angleterre. Ils ont dû fabriquer tout le cordage et les voiles, puis remplir le bateau des vivres nécessaires pour son long et difficile voyage.

Le jour de son départ, tout le monde s'est réuni sur le rivage pour lui dire au revoir et lui souhaiter un bon voyage. Le peuple de Blufescu est également venu. Ils savaient aussi bien que nous tout ce que Gulliver nous avait apporté. Il avait mis un terme à la guerre, instauré la paix et nous avait appris la bienveillance. Debout dans son bateau aux voiles déployées, Gulliver s'est adressé à tout le monde. Tels furent ses derniers mots, des mots que le grand-père de Mamie Baruta n'a jamais oubliés.

– Je vous promets que j'essaierai de revenir un jour, mes amis. Ça, je peux vous l'assurer. Si je ne reviens pas, ce sera uniquement parce que je n'ai pas pu le faire. Et alors, peut-être qu'un jour mon fils viendra à ma place. Je lui dirai tout sur vous, je parlerai de vous au monde entier. Préservez la paix. Soyez libres, soyez heureux.

Mamie Baruta nous rappelait souvent ces mots. Et elle nous disait que, lorsqu'ils ne purent plus voir le bateau de Gulliver à l'horizon, ils restèrent quand

même sur la plage, tous ensemble, bras dessus bras dessous, Lilluputiens et Blufesciens, jusqu'à ce que le soleil plonge dans la mer.

Et d'une certaine manière, Gulliver a tenu sa promesse. Il n'est jamais revenu, mais son fils, oui, Owzat, oui. Owzat, Fils de Gulliver, est arrivé juste au moment où nous avions besoin de lui. Mais c'est à lui de raconter cette histoire.

Quatrième partie

19
Blufescu

– C'est de nouveau ton tour, Owzat, a dit Zaya. Tu devrais raconter à J.J. l'histoire de Blufescu. Tout ce qui s'est passé. C'est à toi d'en parler, car c'est toi qui l'as fait.

En toute honnêteté, je trouvais que cette histoire avait assez duré. Mais J.J. n'avait pas bougé, penchée en avant, ne nous quittant pas une seule fois des yeux, absorbée par notre récit – quel qu'en soit le narrateur – et je voyais bien qu'elle avait hâte de connaître la suite.

– Blufescu, dit-elle. Allez, Omar, parle-moi de Blufescu. Que s'est-il passé ? Qu'as-tu fait ? Ne t'arrête pas maintenant.

– D'accord, ai-je répondu, me demandant par où commencer.

C'était étrange. Puisqu'il s'agissait de mon

histoire, je n'aurais pas dû avoir du mal à la raconter, et pourtant, il m'a fallu un moment pour trouver comment me lancer.

*

La première fois que j'ai entendu Mamie Baruta raconter l'histoire de Gulliver, c'était lors de mon premier Jour de Gulliver, au tout début de mon séjour sur Lilliput. Au fur et à mesure que progressait son récit, je me sentais de plus en plus troublé. Au début, je ne savais pas trop ce qui me perturbait. Et puis j'ai compris. Je pense vous avoir déjà dit que j'avais souvent remarqué – surtout avec Natoban et Zaya – que chaque fois que je posais une question sur Blufescu, cela provoquait une réaction dont je n'avais jamais vraiment compris la cause. C'est seulement en entendant Mamie Baruta narrer l'histoire de Gulliver pour la première fois que j'ai su avec certitude que, pour tous les habitants de Lilliput, une ombre effrayante flottait au-dessus de l'île de Blufescu.

Chaque fois que Mamie Baruta mentionnait cet endroit, tout le monde semblait troublé, mal à l'aise – comme s'ils entendaient gronder le tonnerre au loin. Il m'apparaissait clairement désormais que tout n'était pas au beau fixe, loin de là, entre le peuple de Lilliput et ses voisins de Blufescu, de l'autre côté du chenal. Je n'avais jamais voulu les presser à ce sujet. Les Lilliputiens étaient des gens gentils mais secrets. Ils m'en parleraient quand ils seraient prêts, pensais-je. Mais je savais depuis un moment déjà que quelque chose ne tournait pas rond.

Ce soir-là, dans ma maison, après avoir entendu le récit de l'arrivée de Gulliver pour la première fois, j'ai tout dit à ma mère sur ce personnage, et je lui ai avoué à quel point j'aimais qu'on me prenne pour son fils. J'ai bien précisé – pour ne pas la blesser – que j'espérais que cela ne dérangerait pas trop Père que j'aie un autre père désormais, d'une certaine manière. À mesure que le temps passait, je lui parlais de moins en moins en pachto, et bien plus en anglais, car j'y voyais un bon entraînement, et parce que j'imaginais qu'elle était en Angleterre depuis suffisamment longtemps désormais pour me comprendre facilement.

Chaque fois que je lui parlais, je lui réitérais ma promesse de venir la retrouver en Angleterre, à Fore Street, Mevagissey. Je trouverais un moyen. C'était étrange, mais cela me paraissait plus facile de lui dire la vérité, de lui avouer ce que je ressentais, maintenant qu'elle n'était plus avec moi. Comme si la distance entre nous nous rapprochait. Je viendrais un jour, oui – je le lui promettais –, mais je lui confiais aussi que ce serait difficile de quitter un endroit où régnaient la paix et la sécurité, où il y avait toujours assez à boire et à manger, où je n'étais ni un étranger ni un réfugié, où j'avais de bons amis, pleins de gentillesse, qui étaient comme une famille pour moi, un endroit où j'étais grand, un jeune géant, où on avait besoin de moi.

Et Mère était la seule à qui je pouvais parler de Blufescu, de l'anxiété qu'elle semblait susciter chez tous les Lilliputiens, et de ma perplexité à ce sujet. Je lui expliquais que, d'après Mamie Baruta, tout le monde était content que je sois venu, qu'ils avaient « besoin » du Fils du Gulliver, et qu'à mon avis c'était lié à Blufescu, bien que j'ignore pourquoi.

Debout sur la montagne au-dessus de ma maison, je regardais souvent Blufescu, de l'autre côté du chenal, et je me demandais ce qui pouvait bien se passer là-bas qui inquiétait autant les Lilliputiens. Il y avait tant de choses que j'ignorais, que j'aurais voulu demander ! L'histoire de Mamie Baruta m'avait tout expliqué sur Gulliver et son arrivée, mais il restait tant de zones d'ombre sur Lilliput et Blufescu, sur la manière dont ces petites personnes me voyaient vraiment, et sur la raison pour laquelle elles avaient « besoin » de moi !

Après ce jour où j'ai entendu l'histoire de Gulliver sous le pommier, j'ai envisagé de questionner Mamie Baruta à propos de Blufescu ; mais malgré toute sa bonté envers moi, elle me rendait toujours un peu nerveux. Tapit ne la quittait jamais, si bien qu'elle et moi n'étions jamais seuls, et il se méfiait de moi, je le voyais bien, tout en étant très protecteur à l'égard de Mamie Baruta. Pour moi, cette dernière était comme ma grand-mère en Afghanistan autrefois, la personne la plus importante de notre famille. Mamie Baruta était la personne la plus importante de Lilliput, une figure de grande sagesse, d'âge et d'autorité, qui inspirait un respect universel.

Je craignais simplement de la contrarier en lui posant des questions.

Pour finir, j'ai interrogé Zaya et Natoban sans détour. N'est-ce pas ? Nous étions tous les trois sur la plage, en train de chercher du bois flotté pour ma cheminée. C'est alors qu'ils m'ont tout raconté.

20
Bronar le Tyran

– Et je m'en souviens aussi, m'a interrompu Natoban. Je vais vous expliquer. Nous ne voulions rien dire à Owzat parce que nous n'avions tout simplement pas envie de parler de Blufescu. Tous les Lilliputiens craignaient Blufescu. Zaya et moi plus que quiconque, peut-être. Et pour de bonnes raisons. Cependant, Mamie Baruta nous avait dit qu'il valait mieux ne pas en parler, essayer de ne pas penser à ce qui se passait là-bas. Selon elle, nous devions penser aux habitants de cette île et parler d'eux comme s'ils étaient nos amis, quelle que soit notre opinion, sinon, ils deviendraient bientôt nos ennemis. Elle était convaincue, comme nous tous, que Blufescu apprendrait forcément qu'un géant, un ami, vivait parmi nous sur Lilliput. Ils avaient leurs télescopes et leurs espions. Ils pouvaient difficilement rater Owzat, pas vrai ?

» Elle ne l'a jamais dit, mais je crois qu'elle espérait, comme tous les Lilliputiens, qu'ils n'oseraient pas nous attaquer. Ils savaient qu'Owzat était un Homme Montagne, un immense géant doté d'une grande force et d'une grande puissance, que tous leurs mousquets et leurs lances et leurs épées ne pourraient rien contre lui. Tant qu'Owzat restait avec nous sur Lilliput, nous étions en sécurité. En attendant, nous essayions juste d'oublier que Blufescu était là, nous essayions de chasser ce lieu de nos esprits.

» Pour Zaya et moi, cependant, ça n'a jamais été facile. Je vais vous expliquer pourquoi.

Vous pensez peut-être qu'après Gulliver s'est installée une paix durable entre Lilliput et Blufescu, que nous sommes tous devenus bons amis. Ç'a été le cas. Pendant des centaines d'années, nous avons tous vécu comme les meilleurs amis du monde. Mais il y a environ dix ans, tout a changé. Et ç'a été très soudain. Jusqu'au jour où nous avons eu cette discussion sur la plage, nous ne t'avions pas dit que, comme nombre de ceux qui vivent aujourd'hui sur Lilliput, Zaya et moi venions de Blufescu. Nous sommes nés là-bas, nous avons grandi là-bas, et donc ça s'est passé autour de nous. Nous n'aimons toujours pas en parler.

Il ne s'agissait que d'un homme, un homme ordinaire, mais il s'est transformé en tyran. Il s'appelait Bronar. C'était un constructeur de bateaux, et doué, avec ça. Personne sur Blufescu ne construisait des bateaux aussi beaux, rapides ou solides que les siens. Il a gagné de l'argent, il s'est enrichi, encore et encore, et il est vite devenu l'homme le plus puissant de l'île. Mamie Baruta disait toujours que le scintillement de l'or et la soif de pouvoir devaient l'avoir aveuglé. Il s'est fait bâtir un

grand palais au milieu de l'île. Mais un palais ne lui suffisait pas. Il voulait être empereur, posséder l'île entière et tous ceux qui y vivaient. Mère et Père, Zaya et moi, notre famille entière, sommes rapidement devenus ses esclaves.

Père est mort de surmenage, Mère peu après, de chagrin. Et alors, on nous a dit que nous devions quitter notre ferme, que nous n'avions plus le droit de rester dans notre maison. Nous n'avions nulle part où aller. Nous vivions dans les champs, dans les fossés, dans les forêts. Nous mourions de faim. L'empereur Bronar édictait toujours de nouvelles lois. Dès qu'on le voyait arriver, on devait s'allonger par terre et baiser le sol à ses pieds. Personne n'était autorisé à quitter l'île, à part les pêcheurs, qui devaient lui remettre presque tout ce qu'ils attrapaient. Tout Blufescu appartenait à Bronar. Et plus personne n'avait le droit de parler anglais. Seulement le blufescien. Il a créé son propre drapeau, un dessin de lui-même aux contours dorés sur un fond écarlate, le poing levé. Nous devions nous réunir tous les matins au son des trompettes tandis que le drapeau était hissé au-dessus

du palais. Nous devions tous chanter : « Blufescu pour toujours ! Blufescu d'abord ! Blufescu est le meilleur ! »

Nous ne désirions qu'une chose : trouver un bateau pour nous enfuir à Lilliput, de l'autre côté du chenal, mais beaucoup étaient morts en essayant, ou avaient été capturés, battus et emprisonnés par les soldats de Bronar. Les navires de guerre de l'empereur patrouillaient le long des côtes pour nous empêcher de nous échapper. Il a fait construire un haut mur sur tout le rivage. Notre île est devenue notre prison. Nous n'avions même pas le droit de prononcer le nom de Lilliput. Nous devions appeler Lilliput et tous les Lilliputiens « l'ennemi ».

Mais Zaya et moi, nous n'avons jamais abandonné, malgré le froid et la faim. En pleine nuit, nous avons creusé un trou sous le mur, volé un bateau, et nous avons ramé jusqu'à Lilliput, où nous avons reçu un accueil chaleureux. Mamie Baruta et Tapit nous ont accueillis, ont veillé sur nous, et toute l'île nous a adoptés, comme ils adoptent tous ceux qui réussissent à fuir Blufescu. Pour tout le monde à Lilliput, un étranger est un ami.

Mais notre évasion n'était pas passée inaperçue sur Blufescu. Le trou sous le mur a été découvert. Un bateau avait été volé. L'empereur Bronar a répandu dans tout Blufescu la rumeur selon laquelle deux enfants avaient été kidnappés par les Lilliputiens, il a prétendu que ces derniers étaient des voleurs d'enfants et une menace pour chaque enfant de Blufescu. Il a dit à son peuple que ses puissants navires de guerre partiraient bientôt à Lilliput pour secourir les deux enfants enlevés, que le droit était de leur côté, que Lilliput devait être conquise, et que les ennemis ouvraient leurs œufs par le côté arrondi, ce qui signifiait qu'ils étaient mauvais et barbares, et qu'ils n'avaient de toute façon aucun droit d'être là, car bien des années plus tôt, ils avaient volé Lilliput à Blufescu, dont le peuple était supérieur en toute chose puisqu'il mangeait ses œufs en commençant par le bout pointu.

Bronar disposait de plus de cent navires dans le port, de tous les pistolets et marins dont il avait besoin. Il savait que nous n'avions pas de marine de guerre, rien qu'une petite flotte de bateaux de pêche, et que personne à Lilliput ne portait jamais d'arme – la Loi de Gulliver, comme nous l'appelons. Mamie Baruta et Tapit et les membres du conseil ont traversé le chenal pour s'entretenir avec lui, essayer de le raisonner. Mais il n'a pas voulu les écouter. Il leur a dit qu'il était l'empereur des deux îles, et qu'il viendrait avec sa flotte de navires de guerre et occuperait Lilliput quand bon lui semblerait.

Et puis il est arrivé, Fils de Gulliver, Owzat, notre Homme Montagne. C'est grâce à lui que les bateaux de Bronar sont restés au port, que l'invasion ne s'est pas faite. Voilà pourquoi on avait besoin de lui. Son arrivée a été comme un miracle à nos yeux.

21
Quoi qu'il arrive

J.J. essuyait les larmes sur ses joues. Zaya et Natoban me regardaient pour que je reprenne la suite de l'histoire.

C'est donc ce que j'ai fait.

J'ai pris ma décision aussitôt après que Natoban m'a tout raconté sur Blufescu, sur l'empereur Bronar. Ce n'était pas du courage. C'était de la colère, de la colère à l'idée que mes amis lilliputiens, les personnes les plus gentilles, les plus équitables, les plus généreuses que j'avais jamais rencontrées, puissent être bientôt réduits en esclavage par ce tyran de l'autre côté de l'eau. Il fallait faire quelque chose. Et ne m'appelait-on pas Fils de Gulliver ?

Je ferais ce qu'il avait fait toutes ces années avant moi, ce qu'il aurait fait s'il avait été là à ma place.

Je me rappelle avoir regardé en direction de

Blufescu ce soir-là. L'eau du chenal semblait sombre et profonde, les vagues roulaient vers moi. Je ne savais pas nager. Mais je savais que Gulliver avait réussi cette traversée avant moi. Fils de Gulliver suivrait ses traces. Quoi qu'il arrive, je suivrais l'exemple de mon père.

Je n'ai rien dit à Zaya et Natoban de ce que j'avais en tête. Je n'ai rien dit à Baruta et Tapit, rien à personne à part Mère. Ce soir-là, je suis resté éveillé un long moment dans mon lit, à lui raconter ce que j'allais essayer d'accomplir le lendemain. Je lui ai confié que je craignais surtout de traverser le chenal. Je savais qu'il était trop profond au milieu pour que je puisse marcher tout du long. Après tout, même Gulliver, un homme adulte, n'avait plus eu pied. Et moi, je ne savais pas nager. J'avais une idée qui pourrait fonctionner, lui ai-je dit, mais je savais que je pourrais avoir des ennuis si ça ne marchait pas, car j'avais vu à quel point la mer pouvait être agitée entre les deux îles. Je m'inquiétais beaucoup moins de ce que l'empereur Bronar et son armée pourraient me faire quand j'arriverais – quel que soit leur nombre. Ils feraient la même taille que les Lilliputiens et ne représenteraient donc aucune menace pour moi.

Je suis parti très tôt le lendemain matin, alors

que tout le monde dormait encore sur Lilliput – il faisait encore à moitié nuit – et j'ai trouvé exactement ce que je cherchais, attachés au quai dans le port : deux bateaux de pêche aussi gros que tout ce que j'aurais pu espérer. J'ai détaché les cordes et quitté le port, tirant les bateaux derrière moi. À ce moment-là, certains insulaires s'étaient réveillés et m'avaient remarqué. Ils se sont précipités hors de leurs maisons et ont couru jusqu'au port, me hurlant de revenir. J'ai levé la main, je les ai salués joyeusement et j'ai continué d'avancer dans l'eau.

La mer m'est vite arrivée jusqu'aux genoux, à la taille, puis à la poitrine, et je n'étais même pas encore à la moitié. J'allais avoir besoin de mes bateaux de pêche. Quand je me suis rendu compte que mes pieds touchaient à peine le fond et que je ne pouvais plus marcher, j'ai mis mon plan à exécution. Tenant les navires devant moi, un dans chaque main, et m'y agrippant fermement, je me suis allongé dans l'eau et j'ai laissé les bateaux me maintenir à la surface, battant avec force des jambes pour me propulser. De temps en temps, les vagues submergeaient ma tête, entraient dans ma

bouche, mais mes bateaux m'ont permis de rester à flot. J'ai continué de battre des pieds jusqu'à ce qu'enfin, je sente des rochers et des algues sous mes orteils. Je pouvais de nouveau marcher. Devant moi, je distinguais le port de Blufescu, et derrière, le grand mur que l'empereur avait fait construire tout autour de l'île. Tant le port que le mur, ainsi que tous les navires de guerre, grouillaient d'hommes. Ils m'avaient vu arriver. Ils se tenaient prêts. Comme je me rapprochais, je me suis aperçu qu'ils n'étaient pas là pour me souhaiter la bienvenue. Ils étaient tous armés avec des

arcs et des flèches, des lances et des épées, et des mousquets, aussi.

Ils étaient des centaines, des milliers peut-être, et leurs cris de guerre perçants et furieux m'assourdissaient. Malgré leur petitesse, ils étaient si nombreux qu'ils en devenaient terrifiants, même si je savais qu'ils ne pouvaient pas me faire de mal. Je ne voulais pas leur faire de mal non plus. Je n'étais pas là pour ça. C'était leur flotte de navires de guerre qui m'intéressait.

Comme j'entrais dans le port, de l'eau jusqu'à la taille, je me suis retrouvé à portée de la pluie

de flèches qu'ils tiraient sur moi. Chacune n'était qu'une piqûre d'épingle, mais trop d'entre elles atteignaient leur cible, sur mes jambes et mes bras, sur mon visage et mon cou. J'avais l'impression d'être piqué sur tout le corps par une nuée d'insectes. Je craignais que certaines ne me touchent aux yeux, et j'ai levé la main pour me protéger. De l'autre main, j'ai attrapé une poignée de chaînes d'ancre sur les ponts des navires de guerre, et j'ai commencé à en traîner autant que possible pour les faire sortir du port. Les marins abandonnaient leurs bateaux, sautant à l'eau par centaines.

Une fois au large, j'ai relâché les navires et je les ai laissés dériver. Puis je suis retourné en chercher d'autres dans le port de Blufescu. J'ai fait l'aller-retour plusieurs fois, toujours sous une avalanche de flèches. Des balles de mousquet et des boulets de canon rebondissaient aussi sur moi. Cela me gênait parfois, mais pas beaucoup. Et pendant tout ce temps, les Blufesciens brandissaient le poing dans ma direction, me hurlaient dessus, me maudissaient.

Rapidement, tous les navires de guerre ont dérivé vers le large. Je les dirigeais comme un troupeau de moutons, sautant sur place, frappant l'eau pour faire de grosses vagues qui les poussaient, certains sur les rochers, d'autres plus loin vers l'horizon.

Sur le rivage de Lilliput, les gens m'acclamaient et me faisaient signe. J'entendais des chants au loin : « Owzat ! Owzat ! Owzat ! »

Cependant, je n'en avais pas encore fini avec l'empereur Bronar et ses soldats. Ce tyran avait chassé mes chers amis Zaya et Natoban de chez eux, en avait fait des orphelins, avait réduit en esclavage tout le peuple de Blufescu. J'étais déterminé à rendre sa liberté à celui-ci.

Je suis retourné dans le port et je suis monté sur le rivage. J'ai vu des soldats jeter leurs armes et décamper. J'ai ramassé autant d'arcs, d'épées et de mousquets que possible et je les ai jetés dans l'eau. J'ai rugi, tempêté, tapé du pied comme seuls les géants en colère savent le faire – je n'ai pas eu besoin de plus –, jusqu'à ce que la plupart des soldats s'enfuient. Ceux qui restaient se sont agenouillés, les mains en l'air en signe de reddition. Je leur ai dit que je ne leur ferais pas de mal, qu'ils n'avaient rien à craindre de ma part. Je ne rugissais plus désormais. Ce n'était plus la peine.

22

Plus de tyrans !

Désormais, tous les gens de Blufescu me regardaient, inquiets.

Ils étaient à ma merci, et ils le savaient. En m'avançant dans les rues de la ville, j'ai pu voir par-dessus le grand mur. Un regard m'a suffi. Tout ce que Zaya et Natoban m'avaient décrit était vrai. Je constatais de mes propres yeux ce que ce tyran avait infligé à son peuple. La campagne derrière le mur était une scène de dévastation. Il ne restait que des ruines à l'abandon. Les gens se cachaient où ils pouvaient et levaient vers moi des yeux terrifiés. Tous étaient maigres, pâles et sales, leurs vêtements en lambeaux. Et là, au milieu de l'île, entouré par

de grandes douves, se dressait le palais de l'empereur. Je savais ce que je devais en faire.

J'ai entrepris de le démolir, mur par mur, pièce par pièce, puis je l'ai piétiné. Cela m'a pris un moment, et quand j'ai eu terminé, j'ai entendu une

gigantesque acclamation derrière moi. Le peuple asservi de Blufescu fonçait vers le grand mur de pierre qui ceignait l'île. Ils avaient des échelles, des marteaux, et ils étaient en colère. Ils se mirent à le détruire avec tout ce qu'ils pouvaient trouver. Certains étaient assis au sommet à califourchon et en retiraient les pierres à mains nues. Je suis allé les aider. À nous tous, nous avons abattu cet immense mur en quelques heures, ne laissant à la place que des pierres éparpillées. Plus rien ne tenait debout.

Ensuite, à bout de souffle et épuisés, nous avons tous ri, exultant de joie, la joie de la liberté. Nul ne savait où étaient passés l'empereur Bronar et ses sbires. Et tout le monde s'en moquait. Il était parti – c'était tout ce qui comptait. Quand j'ai quitté l'île de Blufescu ce soir-là, je l'ai quittée en ami. Personne ne me craignait. Personne ne craignait personne. Je leur ai dit que de l'autre côté du chenal, leurs frères et sœurs de Lilliput désiraient redevenir leurs amis, et ils m'ont répondu qu'eux souhaitaient la même chose.

J'ai rejoint Lilliput en marchant et en nageant à l'aide de mes deux bateaux de pêche, et j'y ai été accueilli en héros. Mamie Baruta m'attendait sur le quai, mais je me suis rendu compte qu'elle n'était pas du tout contente.

– C'était vraiment une folie, m'a-t-elle lancé. Tu aurais pu te noyer. Tu nous as peut-être sauvés, mais c'était quand même une véritable folie. Je me suis inquiétée, et tous les autres aussi. Nous ne voulons pas qu'il t'arrive quelque chose. (Elle me souriait désormais.) Tu sais ce que tu as fait aujourd'hui, Fils de Gulliver ? Tu as conquis la peur, tu l'as chassée, et tu nous as rendu la paix. C'est un magnifique cadeau que tu nous as donné.

Quand je suis rentré chez moi ce soir-là, Zaya et Natoban sont restés avec moi. N'est-ce pas ? Je me suis étendu dans mon lit et vous avez retiré toutes les flèches de mon corps – et il y en avait des centaines –, puis vous m'avez passé de la pommade de souci partout, qui m'a piqué d'abord, avant de m'apaiser. Quand ils sont partis, j'étais prêt à dormir. J'avais beaucoup de choses à raconter à Mère, en particulier mon projet pour toutes ces pierres éparpillées sur Blufescu, mais j'étais tellement fatigué que je me suis endormi presque immédiatement.

23

Sois là-bas, s'il te plaît, Mère

– C'est notre tour, est intervenue Zaya en pinçant le lobe de mon oreille avec insistance. On connaît la suite aussi bien que toi, Owzat.

– On était là, tu te souviens ? Au grand rassemblement, a poursuivi Natoban en pinçant l'autre lobe. Donc on peut le raconter.

Alors, à eux deux, c'est ce qu'ils ont fait. Zaya a commencé.

C'était la meilleure idée qu'Owzat ait jamais eue, la meilleure chose qu'il ait jamais faite. Dès le lendemain, tous les Lilliputiens sont montés à bord des bateaux de pêche et ont navigué jusqu'à Blufescu, Owzat avançant devant nous. Le peuple de Blufescu nous a accueillis comme des amis perdus de vue depuis longtemps. Et alors, on s'y est mis, tous ensemble. Tous les Lilliputiens et les Blufesciens ont commencé à construire le pont d'Owzat – c'était son idée à lui. Nous avons utilisé les pierres du palais et bâti une chaussée par-dessus la mer entre Blufescu et Lilliput. Même avec l'aide d'Owzat, cela nous a pris des semaines et des mois, mais on l'a fait.

Désormais, les deux îles étaient donc jointes, et tout le monde pouvait aller et venir à sa guise.

C'était au tour de Natoban.

Peu de temps après, les peuples des deux îles ont organisé un grand rassemblement sur le Terrain de Cricket – comme nous l'appelions tous. Tout le monde était là. On a commencé par un festin d'œufs brouillés. Mamie Baruta s'est levée et s'est adressée à tout le monde :

– Plus jamais, ni pour des œufs ni pour quoi que ce soit, nous ne briserons la paix entre Blufescu et Lilliput. Nous pêcherons ensemble, ferons du commerce, serons amis comme nous l'avons été pendant des centaines d'années. Nous irons et viendrons librement d'île en île, et nous raconterons à nos enfants l'histoire de l'arrivée de Gulliver, et aussi celle de Fils de Gulliver. Il n'y aura plus de murs, plus de tyrans. Nous ne nous considérerons plus jamais comme des étrangers.

De grands hourras ont retenti. Mamie Baruta a levé la main.

– Il y a trois cents ans, Gulliver nous a apporté la paix. Et maintenant, ce Fils de Gulliver, cet Owzat, comme certains d'entre vous aiment l'appeler, a fait la même chose. Ils sont tous les deux venus avec un avertissement sur ce que la tyrannie, l'avidité et la guerre peuvent provoquer, sur la facilité avec laquelle des étrangers peuvent devenir des ennemis – ils l'ont vu dans leur propre monde, de leurs propres yeux. Leur monde sera le monde qui nous attend, si nous ne les écoutons pas. Nous avons vu comment cela pouvait arriver. Ce Fils de Gulliver nous a rappelé tout ce que Gulliver nous avait expliqué, qu'il faut toujours vivre pour les autres, que lorsqu'on abandonne la bonté et la tolérance, la cruauté et la peur prennent leur place.

Zaya a poursuivi le récit.

Toute l'île était devenue silencieuse pendant le discours de Mamie Baruta. On n'entendait ni le vent ni les vagues, pas même le chant des oiseaux. On aurait dit que la terre elle-même et toutes les créatures qui y vivaient écoutaient.

Mais c'est alors que Mamie Baruta a ajouté quelque chose qui nous a tous attristés, et Natoban et moi plus encore.

- Vous savez tous de par l'histoire de Gulliver, que je vous raconte le Jour du Gulliver, sous le pommier en fleur, qu'il n'a passé que quelques années avec nous, puis qu'il nous a quittés parce que sa femme et sa famille lui manquaient et qu'il voulait retourner dans son propre pays. Vous savez que nous lui avons construit un bateau assez grand pour qu'il puisse naviguer en toute sécurité. Eh bien – je suis très triste de vous l'annoncer –, j'ai appris qu'Owzat, notre cher Fils de Gulliver, désirait en secret retrouver sa mère, dont il est séparé depuis longtemps. Comme vous le savez, Zaya et Natoban sont les gardiens, les compagnons et les meilleurs amis de notre Fils de Gulliver depuis son arrivée à Lilliput. Ils l'ont souvent entendu, à la nuit tombée, parler à voix haute à sa mère, qui l'attend très loin d'ici, de l'autre côté de la mer, en Angleterre. Ils l'ont entendu dire qu'il adorait vivre ici avec nous, qu'il nous aimait beaucoup, mais qu'il voulait aussi rentrer chez lui et la revoir. Ils m'ont répété qu'il lui expliquait souvent qu'il ne pouvait pas abandonner les peuples de Lilliput et de Blufescu avant d'être certain qu'il régnerait une paix durable entre eux. Et ils l'ont aussi entendu dire que, de toute manière, il ignorait comment trouver un bateau assez grand pour le transporter jusqu'en Angleterre.

» Ce sont Zaya et Natoban qui ont suggéré que nous fassions ce que nos ancêtres ont fait pour Gulliver, et que nous construisions ensemble un grand bateau pour notre Fils de Gulliver. Nous ne voulons pas qu'il s'en aille, bien sûr – Zaya et Natoban encore moins que nous. Mais il a une mère qu'il meurt d'envie de retrouver. Nous savons tous qu'il a été un cher ami, le meilleur des amis pour nous tous, sur nos deux îles. Il nous a rendu la paix. Je pense donc que nous devrions l'aider à rejoindre sa mère, pas vous ?

Tout le monde s'est levé, a applaudi et poussé des acclamations. Nous étions heureux d'avoir retrouvé la paix, mais tristes au fond de nos cœurs car nous savions que tu nous quitterais.

Ce soir-là, dans ton lit – et nous étions tous les deux là pour l'entendre –, tu as dit à ta mère que les peuples de Lilliput et de Blufescu allaient te construire un grand bateau, et que tu allais rentrer à la maison, que tu la verrais bientôt en Angleterre, à Fore Street, Mevagissey.

Nous t'avons entendu, Owzat, lui crier, si fort qu'elle aurait pu t'entendre de très, très loin : « Je vais traverser la mer pour te retrouver, Mère. Je rentre à la maison, en Angleterre, à Fore Street, Mevagissey. Fore Street, Mevagissey. Sois là-bas, s'il te plaît, Mère. Sois là-bas. »

24
J'arrive, Mère

Comme Zaya terminait, Natoban a tourné mon visage vers le sien et plongé son regard au fond du mien.

– Ta mère sera là-bas, Owzat ; elle y sera. Tu dois croire qu'elle sera là-bas en train de t'attendre.

– Je le croyais, ai-je répondu, et j'y crois encore.

Zaya m'a tapoté le bras. J'ai compris qu'elle me repassait le flambeau de l'histoire, et je voyais bien que J.J. avait très envie d'entendre la suite, de savoir comment notre histoire rejoignait la sienne, comment notre bateau avait rencontré le sien, là, dans le vaste océan.

– Mon séjour sur Lilliput arrivait à sa fin…, ai-je commencé.

C'était une période étrange. J'avais envie de partir, et pourtant je ne voulais pas partir. J'ai l'impression d'avoir passé mes derniers mois sur l'île, pendant qu'on me construisait un bateau, à apprendre et à enseigner, apprendre plus d'anglais et enseigner le cricket. Mamie Baruta avait décrété que malgré tout le temps que j'avais passé parmi eux, mon anglais n'était pas encore assez bon et, que quand j'arriverais en Angleterre, je devrais le parler aussi bien qu'elle, aussi bien que tout le monde sur Lilliput. Alors tous les jours désormais, elle me donnait des cours, et Tapit aussi.

J'adorais mes leçons avec eux, car elles se transformaient en cours à double sens. Ils tenaient à profiter de ce que j'étais encore avec eux pour apprendre ma langue aussi bien que possible – si bien qu'à la fin on pouvait avoir une conversation dans laquelle je parlais anglais et eux, pachto.

Nous n'écrivions rien. Ils ne semblaient pas du tout s'intéresser à l'écrit. Je m'étais rendu compte qu'il n'y avait pas de livres sur Lilliput. « Nous n'en avons pas besoin, m'avait un jour expliqué Mamie Baruta. Gulliver nous a beaucoup parlé des livres, mais nous lui avons répondu que, sur Lilliput, nous estimons que les mots servent à parler tout comme l'air sert à respirer. L'air ne nous donne que la vie, la parole, elle, nous donne des histoires et la vie. »

Mais en toute honnêteté, ma plus grande joie était d'enseigner le cricket aux enfants de Lilliput et de Blufescu. Nous avions déblayé un champ sur Blufescu pour en faire un terrain – qui a vite été baptisé Terrain de Cricket d'Owzat. Ainsi, nous pouvions désormais jouer tant sur Lilliput que sur Blufescu, des matchs à domicile et des matchs à l'extérieur. Chacun de nos matchs attirait des foules immenses. Le centre du terrain était plus bosselé sur Blufescu que sur Lilliput, de sorte que les enfants lilliputiens n'aimaient pas trop jouer là-bas, car la balle rebondissait bizarrement. Mais traverser la chaussée en pierre au-dessus de la mer représentait toujours une aventure, pour les enfants des deux îles. Ils adoraient « marcher sur la mer », comme ils disaient.

Les enfants de Blufescu apprirent rapidement le jeu et ne mirent pas longtemps à se débrouiller aussi bien que les Lilliputiens. Lors de ces premiers matchs, je mélangeais toujours les enfants pour qu'il n'y ait pas trop de rivalité entre les deux îles. Je pouvais étouffer les disputes dans l'œuf. Aucun d'entre eux ne discutait avec l'arbitre, moi – j'étais trop grand. Et ces deux-là

venaient toujours avec moi. N'est-ce pas ? Natoban m'aidait à coacher les enfants – il lançait aussi vite que tous les autres, mais pas toujours précisément. Et même si elle n'aimait pas du tout le cricket, Zaya restait toujours auprès de moi, m'aidant à expliquer les règles aux petits, et réglant rapidement les problèmes avant que des querelles puissent surgir.

Je crois que ce sont ces matchs de cricket entre les enfants, autant que le reste, autant que le nouveau pont lui-même, qui ont aussi vite rapproché les deux îles après cette mauvaise période, après une séparation aussi longue. Les parents et les grands-parents, les oncles et les tantes traversaient le chenal pour y assister et se mettaient à discuter ensemble, à rire ensemble. Les vieilles blessures étaient oubliées ou pardonnées. De nouvelles amitiés se formaient. De vieux amis réapprenaient à se connaître.

Et la construction du bateau a aidé également. Les fabricants de voile des deux îles se sont réunis sur Blufescu pour travailler sur les voiles de mon bateau. Ils n'en avaient encore jamais fabriqué d'aussi immenses – ils ont dû construire des bâtiments spéciaux sur Blufescu pour les y faire tenir. Il a fallu beaucoup de mains habiles et beaucoup de temps. Mais les Lilliputiens et les Blufesciens ont travaillé ensemble, côte à côte, pour les préparer.

Pendant ce temps, sur Lilliput – qui comptait beaucoup plus d'arbres adultes prêts à être abattus que Blufescu –, les constructeurs de bateaux des deux îles se sont rassemblés chaque jour dans le port pour construire le mien. Le plus gros jamais réalisé sur les îles, d'après Mamie Baruta, depuis celui de Gulliver. Son grand-père lui-même, a-t-elle rappelé fièrement, avait aidé à fabriquer ce dernier. Il avait un jour marché tout le long du navire : il mesurait plus de quatre cents de ses pas.

À part les aider à transporter du bois de la forêt jusqu'au port, je ne pouvais rien faire. Je ne savais pas construire les bateaux. Tous les jours, je regardais le mien prendre forme au-dessus de la cale dans le port de Lilliput. Si impressionné que je sois par le talent, le dur labeur et la coopération fructueuse des gens des deux îles, je n'en étais pas moins inquiet. La moitié de la forêt de l'île avait déjà été coupée, et pourtant, je me rendais déjà compte qu'une fois terminée, mon embarcation ne serait guère plus qu'une grosse barque, deux fois moins longue que le canot pneumatique qui avait seulement tenu le temps de m'emmener à Lilliput, quatre ans plus tôt. Je ne pouvais pas leur avouer, après tout leur travail, que partir en mer dans ce tout petit bateau, si bien conçu soit-il, pour affronter les vagues immenses du grand large me semblait voué à l'échec.

Je ne pouvais pas non plus confier mes angoisses à Mère le soir, au cas où ces deux-là, Zaya et Natoban, mes deux amis qui écoutent aux portes, tendraient l'oreille dehors. Et de toute manière, je ne voulais pas qu'elle s'inquiète. Cela peut paraître idiot, je sais. Mais au fil de mes années sur Lilliput, l'espoir s'était transformé en conviction. Même si elle ne m'avait jamais répondu, j'en étais venu à croire qu'elle entendait réellement chacun des mots que je lui adressais. Elle se trouvait peut-être à des centaines de kilomètres de là, mais j'étais certain qu'elle m'écoutait. J'ai donc gardé mes pires peurs pour moi. Je n'en ai parlé à personne.

Mais Zaya et Natoban, ces deux chers amis sur mes épaules, me connaissaient trop bien désormais pour que je puisse leur cacher la vérité. Ils connaissaient mes peurs. Ils ne cessaient de me répéter que mon bateau serait si bien construit, si gros, qu'aucune vague ne pourrait le renverser, qu'il serait insubmersible. Ils étaient avec moi le grand jour où j'ai assisté à la mise à l'eau de mon embarcation, quand elle a glissé sur la cale de lancement, quand le gouvernail a été installé, le mât dressé et la voile montée et déployée pour la première fois. Le bateau était robuste, solide, réalisé avec amour et minutie. Il ne coulerait pas, me répétais-je, il ne pouvait pas, ne devait pas couler.

Tout le monde était présent pour assister au lancement ce jour-là. Mamie Baruta a baptisé le bateau *Gulliver*, sous un tonnerre d'applaudissements. Et Zaya, qui se tenait exactement au même endroit qu'en ce moment, je m'en souviens, assise sur mon épaule gauche, m'a dit :

– Ne t'en fais pas, Owzat, il est peut-être petit, mais il flottera. Il dansera sur les vagues. Ne t'inquiète pas. Il te conduira là où tu veux aller.

Des milliers de voix poussaient des acclamations ce jour-là et criaient mon nom : « Owzat ! Fils de Gulliver ! Owzat ! »

J'ai baissé les yeux sur le courageux petit bateau à la proue magnifiquement sculptée, sur ses rames qui m'attendaient et sa voile blanche dressée bien haut et claquant dans le vent. Il était prêt à partir, mais la vérité, c'est que moi, j'étais loin de l'être.

Jour après jour, Zaya et Natoban m'emmenaient en mer et me montraient comment ramer, comment hisser la voile, comment virer de bord avec le vent, comment me servir du gouvernail. Ils me montraient comment barrer dans les vagues, me prévenaient que je ne devais jamais me laisser prendre de côté par une grosse lame. Ils m'ont appris à ne pas avoir peur de la mer, mais à la connaître, à la respecter et à la comprendre.

Quel cadeau m'avaient fait les insulaires ! Quel travail ils avaient accompli ! Mais bien sûr, je savais depuis le début qu'il s'agissait d'un cadeau d'adieu, et cela me perturbait de plus en plus. Mon désir de partir croissait chaque jour, tout comme ma réticence à le faire. Je n'arrêtais pas de me dire à moi-même, ainsi qu'à Zaya et Natoban, que j'attendais seulement

un vent favorable et que la mer se calme. Mais je crois qu'ils savaient à quel point je redoutais de les quitter, et de quitter Lilliput, où j'avais été tant aimé, où j'avais tant grandi, où il n'y avait pas d'étrangers, où les gens vivaient les uns pour les autres, et pour la paix – et où on aimait aussi le cricket. C'était un monde que j'aimais.

Certains jours, je pensais rester ; cet endroit était fait pour moi, je vivrais parmi ces gens toute ma vie. Je savais qu'en partant je retrouverais un monde très différent. Finalement, c'est Mère qui m'a décidé. Un soir, tandis qu'étendu dans mon lit, je pensais à elle, à Père, à Hanan, j'ai eu la certitude d'entendre sa voix dans ma tête. J'essayais de lui expliquer à quel point j'avais du mal à me résoudre à partir. Et alors, elle m'a parlé. Elle m'a dit qu'elle attendait chaque jour que je vienne, qu'elle avait hâte de me revoir, d'entendre ma voix.

– J'arrive, Mère, ai-je crié. J'arrive ! C'est promis. Je partirai demain !

J'espérais seulement que Zaya et Natoban ne m'écoutaient pas, dehors.

Je voulais que personne ne soit au courant, surtout pas ces deux-là, car je n'avais pas la force de leur dire au revoir. Je filerais à l'aube, je rejoindrais le bateau et je m'en irais. Ce serait mieux ainsi. Mais quand je suis sorti de chez moi le lendemain matin, Zaya et Natoban m'attendaient.

25

Sur le chemin du retour

– Nous l'avions entendu, a expliqué Zaya à J.J. Nous étions là la veille au soir, en train d'écouter derrière sa fenêtre. Nous avons entendu chacun de ses mots.

– Et nous l'avons dit à tout le monde, a ajouté Natoban.

– Ce qui explique pourquoi tout le monde nous attendait au port, ai-je poursuivi.

... Tous les bateaux de pêcheurs de Blufescu et de Lilliput étaient là, remplissant le port, chargés à craquer de petites personnes, toutes silencieuses. Mamie Baruta se tenait sur le quai, aux côtés de Tapit.

– Écoute tout autour de toi, a-t-elle commencé. C'est le son de notre silence, et notre silence dit des milliers de mots, des mots d'amour, et de remerciements. Pars, Fils de Gulliver, pars sans crainte. Va toujours vers l'est, en direction du soleil levant, comme Gulliver. Il n'était pas seulement un homme bon, mais aussi un bon marin. Il avait navigué à travers le monde. Il savait ces choses-là. Va vers l'est, cher Fils de Gulliver. Et reviens quand tu voudras. Tu seras toujours chez toi ici. Nous raconterons ton histoire à nos enfants et ils la raconteront aux leurs. Tu ne seras jamais oublié.

Pendant un moment, j'ai été incapable de répondre.

Puis tout ce que j'ai trouvé à dire a été :

– Et un jour, je raconterai votre histoire à vous aussi.

J'ai cherché Zaya et Natoban – pour leur dire au revoir –, mais ils n'étaient nulle part en vue. D'une certaine manière, ça m'a soulagé. Ces deux bons compagnons, qui m'avaient à peine quitté pendant toutes ces années, n'étaient pas que mes gardiens, mais ma famille. J'avais un frère désormais, et une autre sœur. Le seul fait de les voir à ce moment-là aurait pu suffire à me faire changer d'avis.

Peut-être le savaient-ils.

– Nous le savions, grand frère, a dit Zaya.
– Oui, a acquiescé Natoban. Nous le savions.

Quand je suis monté dans le bateau, j'ai vu qu'à un bout, sous l'abri, s'entassaient des provisions de toutes sortes, et à l'autre bout, des tonneaux d'eau. J'avais à peine la place de m'asseoir au milieu pour ramer. J'ai regardé la foule dans le port, les enfants, mes petits joueurs de cricket, assis sur les murs, le visage empreint de chagrin. Il fallait que je leur dise autre chose, et un seul mot m'est venu à l'esprit. J'ai soulevé mon chapeau, puis j'ai crié « Owzat ! » et je l'ai lancé en l'air.

La tristesse ambiante s'est aussitôt transformée en rires. Le silence a été rompu par des cris répétant : « Owzat ! Owzat ! »

J'ai pris mes rames et je me suis frayé un chemin entre tous les bateaux qui encombraient le port. J'avançais avec précaution, car un seul heurt de ma robuste barque aurait pu faire couler n'importe lequel d'entre eux. Devant moi, tout autour de moi, les petites personnes jetaient des pétales de fleur sur l'eau. Je suis sorti du port dans une mer orange et magenta ; et puis, à bonne distance des petits bateaux, je me suis mis à ramer avec force en direction du grand large.

La dernière chose que j'ai entendue des petites personnes de Lilliput et de Blufescu a été leur chant, et bien que faible, j'ai reconnu la berceuse de Mère, ma chanson, leur chanson désormais. Mais sans tarder, je n'ai plus pu les entendre ni les voir. Ils avaient disparu. Les deux îles n'étaient plus que deux ombres distantes à l'horizon, puis une seule ombre. Puis rien. J'étais en pleine mer, seul.

26

Et nous voici

Une bonne brise soufflait. J'ai donc décidé de rentrer les rames et de naviguer avec le vent. Je n'avais pas besoin d'essayer de me rappeler tout ce que Zaya et Natoban m'avaient appris. Je faisais tout à l'instinct – vous aviez été de bons professeurs, tous les deux. Cette mer vaste et vide, qui m'avait tellement terrorisé lors de mon dernier voyage, n'était plus mon ennemie. Elle m'offrait son vent, ses vagues et sa marée. Elle m'aidait à rentrer chez moi.

Alors que je regrettais déjà de ne pas avoir pu dire au revoir à mes deux meilleurs amis, il m'a semblé entendre la voix de Zaya qui m'appelait. Puis j'ai entendu deux voix qui m'appelaient ensemble. Au départ, j'étais certain de les imaginer, qu'il s'agissait du vent dans les voiles, ou d'un oiseau de mer, ou que mes oreilles me jouaient des tours. Mais le vent ne murmurait pas des mots. Et les oiseaux ne parlaient pas avec des mots. Or j'entendais des mots, des vrais !

J'entendais : « Owzat ! Owzat ! Fils de Gulliver ! » Et : « Fore Street, Mevagissey, Fore Street, Mevagissey. »

Soudain, je les ai vus qui escaladaient mes jambes, sortis d'entre les tonneaux d'eau, puis qui montaient sur mes genoux. Ils se sont alors mis à rire, et j'ai ri avec eux. Quelles retrouvailles ! J'avais des tas de questions, et eux des tas de réponses.

– À nous, à nous ! s'est écrié Natoban, me faisant taire. Nous avions demandé la permission à Mamie Baruta. C'était l'idée de Zaya. Elle disait que tu n'étais pas assez bon marin pour partir tout seul. J'étais d'accord. Et Mamie Baruta aussi. « Partez, et veillez sur lui, nous a-t-elle dit, comme il a veillé sur nous. »

– Et nous voici, a ajouté Zaya. Et nous avons navigué tous les trois, toujours vers l'est, comme Gulliver l'avait fait longtemps avant nous, nous réveillant chaque matin pour scruter l'horizon, à la recherche de la terre, d'une terre qui, nous l'espérions, serait bientôt l'Angleterre. Certains jours, nous bénéficiions d'un temps parfait, avec des brises fortes et pas d'orages. Nous filions sous une voile gonflée, le cœur rempli d'espoir, heureux d'être ensemble. Nous voyions des dauphins, des poissons volants, des fous de Bassan. Tout allait tellement bien.

Je voyais que Natoban mourait d'envie de poursuivre l'histoire. Ils ont parlé tous les deux en même temps pendant un moment, mais Zaya ne voulait pas lui céder la parole.

– Mais un après-midi, a-t-elle continué, les vagues ont commencé à enfler, et le vent s'est levé, et les nuages se sont amassés, et le tonnerre a rugi. Le monde s'est assombri tout autour de nous, et des éclairs ont illuminé le ciel nocturne. Notre petit bateau franchissait bien les vagues, mais l'eau entrait de plus en plus par-dessus bord. Toute la nuit, Owzat s'est agrippé au gouvernail, faisant de son mieux pour que la proue fende les vagues immenses, se dressant presque à la verticale parfois, au point qu'on craignait que le bateau ne se renverse. Nous nous accrochions de toutes nos forces. Le bateau ne cessait de s'emplir d'eau, et nous nous enfoncions de plus en plus. Natoban et moi, nous sommes restés tout au fond de la poche de ta veste. Nous voulions sortir, t'aider, mais tu as dit que c'était trop dangereux et qu'on devait rester là où on était. Et c'était vrai, bien sûr, la plus petite vague aurait pu nous emporter.

Nous avons raconté la suite de l'histoire à tour de rôle.

– Et c'était une bonne chose, ai-je dit, que vous soyez restés tout au fond de ma poche, car quand ça a fini par arriver, quand le bateau s'est retourné, au moins nous étions ensemble. J'ai réussi à m'accrocher au bord du bateau et, je ne sais comment, j'ai trouvé la force de le redresser. Je me suis hissé à bord. J'ai cru que je vous avais perdus tous les deux, jusqu'à ce que vous sortiez de ma poche en riant et en crachant. Nous sommes demeurés là, allongés au fond du bateau, épuisés, nous agrippant les uns aux autres, trop apeurés pour nous lâcher.

– Nous étions en vie, mais de peu, a poursuivi Natoban. Toute notre nourriture et notre eau avaient disparu. Le mât et la voile aussi. Nous avions perdu nos rames. Nous étions étendus là, attendant la prochaine grosse vague qui nous achèverait, attendant la fin.

– Nous nous serrions contre toi, a dit Zaya, et tu te serrais contre nous.

– Ces deux-là dormaient par intermittence, ai-je précisé à J.J. Je me souviens d'avoir pensé que nous allions nous noyer dans notre sommeil, que nous ne nous réveillerions jamais. Je ne verrais pas Mère, et elle ne saurait jamais quels efforts nous avions faits pour essayer d'arriver en Angleterre, à Fore Street, Mevagissey, pour la retrouver. J'étais envahi par le chagrin à la pensée de Mère et d'Oncle Saïd, qui m'attendraient toute leur vie, moi qui ne viendrais jamais. Mais au moins, ai-je pensé, nous étions ensemble, nous les trois amis. Nous mourrions ensemble, et je trouvais du réconfort dans cette pensée, beaucoup de réconfort.

27
Jaune comme le soleil

Quand je me suis réveillé, Zaya et Natoban criaient mon nom, me pinçaient les oreilles, essayaient de me secouer. Je sentais le soleil sur mon visage, un merveilleux soleil qui me réchauffait. Autour de nous, une mer d'huile. Pas un souffle de vent. Notre bateau était presque immobile. Et

Zaya et Natoban me hurlaient de me lever, de me tourner, de regarder.

– Là-bas ! criaient-ils. Un bateau, un bateau ! Regarde ! Regarde !

Et il y avait bel et bien un bateau, à un jet de pierre du nôtre. On entendait de la musique. C'était une barque, mais plus grosse, bien plus grosse que la nôtre, avec un abri couvert à un bout, comme une cabine ouverte. Et elle était jaune, jaune vif, comme le soleil. Et il y avait quelqu'un dedans, dans une veste imperméable jaune vif, aussi jaune que le bateau.

Et c'était vous J.J. Vous ramiez vers nous. Mais ça, vous le savez, n'est-ce pas ? Et nous voilà donc ici, et telle est notre histoire.

Cinquième partie

28
Tout sauf ordinaire

Pendant toute notre histoire, J.J. ne nous avait presque jamais quittés des yeux. Elle restait assise là, berçant parfois son poignet bandé, écoutant, étonnée et émerveillée, tout ce que nous lui racontions. Elle m'a avoué plus tard que si Zaya et Natoban n'avaient pas été là avec moi, elle n'en aurait pas cru un mot. Et eux m'ont avoué plus tard qu'ils n'auraient jamais imaginé qu'il pouvait exister dans le monde un autre géant aussi grand que moi – et elle était encore plus grande. Je les avais pourtant prévenus, pendant notre traversée, que quand nous parviendrions en Angleterre, nous nous retrouverions dans un pays de géants, pour la plupart bien plus grands que moi. Mais J.J. était la première qu'ils rencontraient, et elle les impressionnait, tout comme elle m'impressionnait, surtout quand elle nous a raconté pourquoi et comment elle s'était retrouvée là, toute seule au beau milieu de l'océan.

Elle avait certainement une manière bien différente de la mienne de raconter une histoire. Nous avions revécu la nôtre au fil de notre récit. Je crois que nous la revoyions tous les trois dans notre tête. Nous ne cherchions pas à la rendre plus intéressante. De mon côté, je l'avais racontée ainsi parce que je voulais m'en souvenir, me souvenir de tout et de tout le monde. Mais elle nous a relaté la sienne d'une manière très détachée, comme si ce qu'elle faisait, ce qu'elle avait fait, était la chose la plus normale du monde.

Je crois que J.J. se sentait obligée de partager son histoire avec nous car nous lui avions raconté la nôtre. Mais elle nous a aussi expliqué que, puisque nous allions passer du temps ensemble sur un petit bateau, il était bon que nous sachions certaines choses sur elle, qui elle était et pourquoi elle se trouvait ici. Comparée à la nôtre, son histoire était plutôt ordinaire, nous a-t-elle dit.

Elle était tout sauf ordinaire. J.J. a commencé par son nom entier.

– Je m'appelle Jillian Forsyth Wood. Pas facile à prononcer, hein ? Mon père m'appelait toujours J.J., et j'adorais ça. Alors j'ai demandé à tout le monde de m'appeler J.J. Vous voyez? C'est ordinaire. Tu es Owzat, Fils de Gulliver, ou l'Homme Montagne. Vous êtes Zaya et Natoban, et je suis la simple J.J. J'ai presque vingt-trois ans – j'en avais vingt et un quand je suis partie de chez moi. Et je suis ici à cause de mon père. Ça paraît bête, non? Nous sommes tous ici à cause de nos pères et de nos mères. Toi, Omar, Owzat, Fils de Gulliver, tu es à n'en pas douter ici à cause de ta mère. Moi, c'est à cause de mon père.

» J'étais à l'université quand il est tombé malade. C'est lui qui m'a fait aimer les bateaux, et ramer. Quand j'étais toute petite, il m'emmenait sur la rivière dans une barque – il s'agissait de la rivière Avon, à Stratford, où nous vivions alors. J'ai tout de suite aimé ramer, je me sentais dans une barque comme un poisson dans l'eau, disait-il souvent. Puis, un an ou deux plus tard, quand nous sommes partis vivre au bord de la mer à Salcombe – dans le Devon –, il m'a emmenée faire de la voile. J'étais encore jeune. Il disait toujours que j'avais su naviguer avant de savoir marcher. C'était presque vrai, mais pas tout à fait. En tout cas, je me suis rendu compte que je n'étais vraiment heureuse que sur l'eau, quand je m'amusais dans un bateau, n'importe quel bateau, à voile, à rames, peu importait.

» À l'université, j'étais censée étudier le droit, mais je préférais sortir faire de l'aviron sur la rivière avec mes amis. J'adorais faire la course contre d'autres équipes, huit personnes ramant ensemble, fendant les eaux. Et il s'est avéré que j'avais un bon niveau, assez bon pour gagner des courses, assez bon finalement pour pouvoir intégrer l'équipe de mon université. J'étais tellement contente, sur un petit nuage.

» Et puis papa est tombé malade. Les médecins nous ont dit qu'il ne vivrait pas longtemps. Et ils avaient raison. Il est mort la veille de ma grande course sur la Tamise, à Londres. J'ai ramé avec tout mon cœur, pour lui, et on a gagné. Mais j'ai compris ce jour-là que gagner ne suffisait pas, qu'il y avait des choses plus importantes. J'ai pris une décision et je me suis promis d'aller jusqu'au bout.

» Un des médecins de papa m'avait dit que s'ils voulaient un jour trouver un traitement pour sa maladie, ils avaient besoin d'argent pour la recherche. J'ai donc décidé de rassembler des milliers de livres sterling. J'allais le faire pour mon père. Et je ne connaissais qu'un moyen d'y parvenir. J'allais ramer. Je trouverais des gens et des entreprises pour me sponsoriser, pour m'aider, afin de rassembler l'argent nécessaire à la recherche. J'ai décidé que je serais la première femme à faire le tour du monde à la rame en solitaire. Et c'est donc ce à quoi je m'applique depuis plus de deux ans désormais.

» J'ai quitté l'Angleterre il y a deux ans, sept mois et deux jours. Je le sais grâce à ce petit livre – on appelle ça un journal de bord – dans lequel, tous les jours, j'écris où je me trouve, la distance parcourue, les endroits où je vois la terre, le temps qu'il fait, le temps qui se prépare, dans quel port et dans quel pays j'ai effectué mon dernier arrêt, les quantités d'eau et de nourriture qu'il me reste, les oiseaux, les baleines et les dauphins que j'aperçois, la direction et la force du vent, la hauteur des vagues, le courant, tout ce qui est cassé sur le bateau et doit être réparé, les bons jours, les mauvais jours. Tout est là dans le journal de bord de *Rayon de Soleil*.

» J'ai appelé mon bateau ainsi en hommage à la chanson préférée de papa, *Here Comes the Sun*. Il l'adorait. Et parfois, il m'appelait ainsi, aussi. J'étais J.J., ou Rayon de Soleil, et j'étais Jillian quand il était fâché contre moi. Ce qui n'arrivait presque jamais.

» J'ai compté, l'autre jour, quand je feuilletais le journal de bord. Je suis allée dans trente-cinq pays, le bateau s'est renversé trois fois – avant de se redresser tout seul –, je suis passée cinq fois par-dessus bord, toujours attachée à ma corde de sécurité, heureusement, de sorte que j'ai toujours réussi à remonter à bord. J'ai heurté des rochers, des icebergs, un container, et une fois un lit flottant, et même une baleine. Enfin, je reste convaincue que c'est elle qui m'a heurtée. C'était sa faute ! Et bien que je n'aie jamais été gravement blessée, j'ai

des bosses et des bleus partout, je me suis fait une entorse ici, un claquage là, je me suis cassé un doigt et un orteil, trois fois le même stupide orteil. (Elle a remué ses orteils.) C'est celui que je ne peux pas bouger. Et maintenant, ça, a-t-elle ajouté en levant son poignet bandé et ses doigts gonflés. Je ne pense

pas l'avoir vraiment cassé, mais c'est embêtant. C'est arrivé pendant la tempête. Je peux bouger mes doigts, regardez. C'est peut-être un tendon déchiré… je ne sais pas. Ça ne me fait pas trop mal, sauf quand je m'en sers. Le problème, bien sûr, c'est que je dois m'en servir beaucoup lorsque je rame. Je ne peux donc pas ramer, pas longtemps en tout cas. J'ai tout juste réussi à ramer jusqu'à vous quand j'ai vu votre bateau en me réveillant. Mais vous n'étiez pas bien loin. Je peux cuisiner et me laver, faire le plus gros de mes tâches avec une seule main. Mais pas ramer, car j'ai deux rames. Et c'est un problème.

» Le souci, c'est que nous sommes encore à environ cinquante milles marins de la côte sud de l'Angleterre, et je sais que je ne peux pas ramer jusque là-bas. Mon père disait toujours qu'il faut voir le bon côté des choses. Quand j'étais petite et que je me sentais un peu déprimée, un peu malheureuse, il me chantait souvent cette chanson : *Always Look on the Bright Side of Life.* Une autre de ses chansons préférées. Il adorait chanter. Je crois que j'ai dû la chanter des centaines de fois ces deux dernières années, chaque fois que les choses se présentaient mal, quand une tempête frappait. Et puis, quand c'était terminé et que le monde s'éclaircissait et que le soleil sortait, je chantais *Here Comes the Sun.*

D'une façon ou d'une autre, mon père et ses chansons m'ont accompagnée tout autour du monde.

» Bien sûr, le bon côté de cette blessure au poignet, c'est que sans elle, je serais à des milles d'ici désormais, plus proche des côtes anglaises. Je n'aurais pas été ici en même temps que vous, nous ne nous serions jamais rencontrés, et nous ne serions pas assis ensemble au beau milieu de l'océan à nous raconter tout ça. Et voilà mon histoire. Comme je vous le disais, elle est ordinaire comparée à la vôtre, et plus courte !

29
Ta maison aussi

À la fin du récit de J.J., je me suis dit : comme il est étrange et merveilleux que deux histoires pareilles, la sienne et la mienne, se croisent ainsi, par hasard et au milieu de milliers de kilomètres d'océan, et que d'une façon étrange, elles deviennent une seule et même histoire, la nôtre, et que personne sur ce bateau ne sache comment elle se terminera. Néanmoins, je savais comment j'espérais qu'elle se terminerait : dans un café sur Fore Street, Mevagissey, avec Mère et Oncle Saïd qui m'y attendraient.

– Fore Street, Mevagissey, lui ai-je dit. C'est en Angleterre. Vous connaissez?

– Je connais Mevagissey, a-t-elle répondu. Plutôt bien, même. J'y suis allée en bateau plusieurs fois avec papa, depuis Salcombe – la ville où nous vivons, celle d'où je suis partie quand j'ai commencé cette aventure. Elle se situe un peu plus haut que Mevagissey sur la côte du Devon. C'est là où j'allais, à Salcombe. En fait, maintenant que j'y pense, je crois que nous sommes encore plus proches de Mevagissey que de Salcombe. Mais avec mon poignet dans cet état, aucun endroit n'est proche.

» Juste avant de vous trouver, je m'apprêtais à envoyer un message radio pour demander de l'aide, mais la dernière chose dont j'ai envie, c'est que *Rayon de Soleil* soit remorqué jusqu'au port par un bateau de sauvetage. Après tout ce qu'il a traversé, il mérite d'être dirigé à la rame, pas traîné par une corde. Ça ne serait pas bien ; il n'aimerait pas ça et moi non plus. Ce n'est pas une belle façon de terminer mon voyage en solitaire autour du monde. C'est drôle, je suis censée naviguer en solitaire, mais maintenant, je suis avec vous, et je ne peux même plus naviguer, pas sur de longues distances, en tout cas. C'est impossible. On ne fait que tourner en rond quand on essaie de ramer à une seule main. J'ai essayé ! Une main, un poignet, ça ne suffit pas. Si proches et si loin à la fois…

Je n'y avais pas vraiment pensé, mais Zaya si. Mes deux amis étaient restés assis sur mes épaules pendant l'histoire de J.J., aussi concentrés que moi.

– Tu peux ramer, Owzat, m'a chuchoté Zaya à l'oreille. Dis-lui que tu peux ramer.

– Owzat peut ramer, a dit Natoban à ma place. Il est plutôt bon. Et on peut aider.

J.J. me regardait.

– Eh bien, je pourrais essayer, ai-je acquiescé. Mais je ne suis pas si fort que ça, et ce bateau est gros, bien plus que le nôtre, et les rames sont immenses. Je ne pense pas que j'arriverai à manier les deux.

J.J. souriait de toutes ses dents.

– On pourrait le faire ensemble, a-t-elle dit. Et on pourrait ramer jusqu'à Mevagissey. Tu ne serais pas obligé de faire ça tout seul. Tu pourrais prendre une rame à deux mains et moi, je prendrais l'autre et ramerais à une seule main. Mais tu devras tirer fort, Owzat, de toutes tes forces, sinon, on ne fera que tourner en rond. Ce serait merveilleux. Et vous, Zaya et Natoban, vous serez nos vigies – à l'affût d'autres bateaux, ou de la terre. Comme ça, je n'aurai pas besoin de demander de l'aide par message radio, et mon beau bateau, mon *Rayon de Soleil*, n'aura pas à être remorqué à la vue de tous.

» C'est d'ailleurs un autre problème. S'ils savent que je veux débarquer là-bas, il y aura des tas de gens qui m'attendront, une sacrée agitation. Mais ils pensent que je vais à Salcombe, pas à Mevagissey. C'est ce que je leur dirai par radio. On entrera discrètement dans le port, dans la pénombre, si possible. Mieux vaut que personne ne nous voie. De bon matin, ce serait bien, si le vent et la marée nous le permettent.

Cela nous a chagrinés de devoir abandonner notre brave petit bateau en plein océan, de le laisser tout seul derrière nous. Natoban et Zaya étaient particulièrement peinés. Il représentait leur dernier lien avec Lilliput. Mais nous n'avions pas le choix. Il avait été malmené par l'orage et s'enfonçait dans l'eau. Il avait du mal à rester à flot. Comme aucun d'entre nous ne voulait le voir couler, nous sommes partis en essayant de ne pas nous retourner. Mais mes amis n'ont pu s'empêcher de lui jeter des regards jusqu'à ce qu'il disparaisse. Ensuite, ils ont gardé le silence pendant un long moment, plus tristes que jamais.

Elle avait beau ne se servir que d'une main, J.J. ramait avec bien plus de force que je n'en aurais eu à deux mains. Chacun de ses coups de rame était long et puissant. Elle se penchait en avant, puis elle tirait, enfonçant la rame pile à la profondeur suffisante, jaugeant parfaitement chaque vague, de sorte que sa rame n'effleurait jamais la surface ni ne

plongeait trop profondément, comme la mienne le faisait souvent. J'avais du mal à suivre son rythme, mais je faisais de mon mieux.

Il nous a fallu six jours à ramer avec force dans le vent et dans les vagues. Et puis, un soir, Natoban, agenouillé en équilibre précaire sur la proue, a enfin aperçu la terre devant nous.

– L'Angleterre ! s'est-il écrié avant de sauter de son perchoir et de prendre Zaya par la main.

Ils se sont mis à danser une petite gigue joyeuse au fond du bateau.

– L'Angleterre, a confirmé J.J., et Mevagissey, si on a de la chance et que mon navigateur par satellite dit vrai.

Elle se reposait contre sa rame, contemplant les lumières qui scintillaient au loin comme des étoiles.

– La maison, a-t-elle ajouté. Ma maison, et la vôtre aussi.

30
Pas comme Lilliput

Les lumières du rivage se sont encore rapprochées alors que nous dérivions dans la nuit. J.J. ne voulait pas qu'on se dépêche. Elle a parfaitement chronométré notre approche. La petite ville et son port étaient calmes et silencieux quand nous sommes arrivés. Il semblait n'y avoir personne dans les parages. Nous avons ramé lentement, enfonçant nos rames aussi silencieusement que possible. Nous avons dépassé plusieurs bateaux de pêche au mouillage et sommes montés doucement sur les galets de la plage. J.J. a baissé l'ancre sur un côté et l'a laissée glisser dans l'eau. Nous n'avons pas fait une éclaboussure en descendant; nous n'avons pas dit un mot.

Nous avions parlé de tout avant. J.J. avait prévu exactement quoi dire, quoi faire, où aller. Elle m'avait tout expliqué. À condition que Mère se soit présentée à la police et ait demandé l'asile, comme elle aurait dû le faire dès son arrivée en Angleterre, il suffirait de la trouver et tout irait bien. Ensuite, il ne devrait pas y avoir de problèmes pour que je reste.

Cependant, je devais demander l'asile aussi vite que possible, me présenter au premier agent de police que je verrais, ou entrer dans le premier commissariat. Le pire serait d'essayer de fuir, de me cacher, puis de me faire prendre. Je pourrais être enfermé, m'avait-elle prévenu, mis en détention, en prison, même, puis renvoyé en Afghanistan. Nous devions tout faire correctement, ou les choses pourraient très mal tourner. Et même si Mère n'était pas arrivée, Oncle Saïd serait là, lui, et comme il était le seul membre de ma famille encore vivant et qu'il résidait en Angleterre depuis des années, tout devrait bien se passer et on m'autoriserait à rester. Elle en était sûre. Heureusement, car je ne comprenais pas grand-chose de ce qu'elle m'avait dit sur l'importance de me présenter à la police et de demander l'asile. Mais je la comprenais suffisamment bien quand elle m'assurait que je risquais d'être enfermé si j'essayais de m'enfuir et que je me faisais prendre.

– J'aime l'Angleterre, m'avait-elle expliqué. Je l'aime pour de nombreuses raisons. Mais ce n'est pas comme Lilliput, j'ai honte de l'admettre. Nous

n'accueillons pas toujours les étrangers comme nous devrions le faire. Quoi qu'il arrive, reste près de moi, et quoi que tu fasses, ne t'enfuis pas. Contente-toi de me suivre.

Elle avait cherché une carte de Mevagissey sur Google. Elle avait repéré Fore Street. Nous savions où la rue se situait et comment y parvenir. Néanmoins, nous avons eu un peu de mal à trouver notre chemin, dans cet endroit inconnu où il ne faisait pas encore tout à fait jour.

Il s'agissait d'une petite ville blottie autour de son port, avec quelques boutiques et cafés, aux maisons basses, aux fenêtres étroites. Depuis ma poche, Zaya et Natoban regardaient dehors tandis que nous avancions sur le rivage boueux et remontions la cale de lancement jusqu'au quai. Je me suis dit que cela devait leur paraître aussi étrange qu'à moi. Mais à bien y réfléchir, ce port ressemblait vraiment à celui de Lilliput – en plus grand, bien plus grand.

Tandis que nous marchions dans le port, puis dans les rues de la ville, j'ai commencé à me sentir de plus en plus anxieux.

Il y avait un canot pneumatique dans le port, et je me suis souvenu de celui dans lequel j'avais failli mourir, dans lequel tant de mes compagnons étaient morts. Et si Mère s'était retrouvée dans un bateau pareil, dans des tempêtes pareilles ? Et si ? Et si ? Mon Dieu, s'il vous plaît. S'il vous plaît.

– Ce doit être Fore Street, a murmuré J.J. On y est presque.

La rue était étroite et silencieuse. J'avais vraiment du mal à réaliser qu'on y était enfin, à Fore Street, Mevagissey. C'était la rue de Mère et d'Oncle Saïd. Tandis que nous avancions, je regardais toutes les fenêtres obscures, priant pour que Mère soit endormie derrière l'une d'elles.

– Sois là-haut, Mère, me suis-je dit. S'il te plaît, sois là-haut.

J'avais vécu pour ce moment, je l'avais espéré pendant tout ce temps. J.J. s'est arrêtée devant une porte.

– C'est là, a-t-elle murmuré. C'est le seul café de la rue. Ils doivent vivre au-dessus. (Elle s'est penchée en avant, essayant de lire un panneau sur la porte.) C'est fermé. Mais ce n'est pas tout. Apparemment, le café est à vendre. (Elle a scruté la vitrine.) Et regarde, il n'y a pas de tables à l'intérieur, pas de chaises, rien. Il n'y a personne. Cet endroit est vide.

31

Vous êtes cette fille, pas vrai ?

Nous regardions le soleil se lever, assis sur le mur du port. Il n'y avait rien à dire. Zaya et Natoban restaient cachés, comme J.J. le leur avait demandé. Si quelqu'un les apercevait, il y aurait un tas d'explications impossibles à donner – nous le savions tous. Cependant, je les sentais bouger dans ma poche, et je savais qu'ils jetaient des coups d'œil à ce nouveau monde autour d'eux, aux géants qui commençaient à ouvrir leurs boutiques, aux géants qui préparaient leurs bateaux de pêche dans le port, aux premiers vélos, motos et voitures qu'ils avaient jamais vus. Chaque fois que je les sentais, je les repoussais et leur chuchotais de rester dans ma poche.

Ils m'obéissaient, mais seulement un moment.

La ville se réveillait lentement autour de nous.

– Ça alors, c'est un coup de chance : une voiture de police.

Elle lui a fait signe de s'arrêter. Il y avait deux policiers à l'intérieur. Elle s'est approchée du véhicule et a discuté avec eux, se retournant vers nous de temps en temps. Les portières se sont ouvertes et les deux agents sont sortis en coiffant leurs casquettes. Ils se sont dirigés vers nous. J'avais envie de fuir, mais J.J. me tenait fermement par le bras. Elle leur a expliqué qui elle était et qui j'étais et comment elle m'avait trouvé en pleine mer dans un bateau, tout seul, et m'avait emmené ici. En montrant son poignet bandé, elle a ajouté que sans mon aide, elle n'aurait jamais pu ramer jusqu'à la côte.

Les deux agents étaient tous les deux absorbés par son récit. Elle a continué, parlant d'Oncle Saïd et de Mère qui auraient dû vivre sur Fore Street, où ils tenaient un café. Elle leur a dit qu'elle avait fait le tour du monde à la rame en solitaire pendant plus de deux ans, et que même si elle n'avait pas pu terminer exactement comme elle le voulait, ni à Salcombe comme prévu, elle était contente d'être rentrée chez elle, et contente d'être à Mevagissey.

– On essaie de trouver un commissariat, a-t-elle poursuivi. Mon ami Omar doit faire une demande d'asile.

Quand elle a terminé, l'un des agents a demandé :

– Je vous connais, non ?

Et l'autre a ajouté :

– Vous êtes cette J.J. ou je ne sais qui. C'est vous, pas vrai ? Celle qu'on voit à la télé, dans les journaux. Je vous ai vue. Vous avez fait le tour du monde à la rame pour votre père, c'est ça ?

– Oui, c'est moi, a répondu J.J. avant de rapidement changer de sujet. Pour ce qui est de la mère de mon ami et de son oncle Saïd – c'est un citoyen britannique qui vit ici depuis des années –, on n'a pas réussi à les trouver dans le café de Fore Street, où ils étaient censés être. On y est allés. Il est vide. En vente.

– C'est vrai, a dit l'autre agent. J'y allais souvent. Un endroit sympa, avec des gens sympas, du bon café, de délicieux roulés à la cannelle. Ils ont fermé.

– Ils sont partis, est intervenue la dame, qui n'avait pas bougé. Je les connais. Ils ne sont pas allés loin. Ils ont un nouveau restaurant de fish and chips sur le port. Owzat, il s'appelle. Un joli nom. Des gens gentils. Et une bonne friterie, en plus. Le vieux Saïd s'occupe de la friture et elle, des clients. Le meilleur restaurant de la ville, d'après moi. C'est ta mère alors, mon petit ?

Elle semblait beaucoup plus bienveillante à mon égard, désormais.

– Chaque chose en son temps, est intervenu l'un des policiers. Je crains qu'on ne doive garder ce garçon avec nous, le ramener au commissariat. Il faut qu'on informe les gens de l'immigration, qu'on prenne des renseignements sur lui, et tout ça. Viens avec nous, mon garçon. On va s'occuper de toi.

Je suis parti en courant avant que quiconque puisse m'arrêter, avant que je sache moi-même ce que j'étais en train de faire.

Ils ont crié après moi, mais j'étais déjà loin. Pas question que je parte avec eux. Je me souvenais que J.J. m'avait dit de ne pas m'enfuir, mais il le fallait. Il fallait que je trouve Mère.

32
Un endroit sûr

J'ai réussi à retrouver mon chemin dans la myriade de ruelles et à redescendre au port. Désormais, des centaines de personnes étaient amassées là, le long du mur, et d'autres encore sur la plage, pressées autour de *Rayon de Soleil*, lui tournant autour, le touchant, se penchant au-dessus, prenant des photos et des selfies.

Alors, j'ai vu le nom en grosses lettres dorées au-dessus de la vitrine d'un restaurant de fish and chips. *Owzat.*

Et ils étaient là ! Mère et Oncle Saïd se tenaient côte à côte dans la foule, près du mur, devant le café. Je me suis arrêté de courir. J'avais besoin de temps pour réfléchir, pour décider quoi dire. Ils regardaient *Rayon de Soleil* en contrebas, comme tout le monde. Ils ne m'avaient toujours pas vu.

Ils ne m'ont remarqué que quand je me suis planté juste devant eux, quand j'ai parlé.

Je me suis adressé à elle d'abord en pachto, puis en anglais.

– *Mor*, ai-je dit. Mère, je t'ai cherchée, et tu n'as pas été facile à trouver.

Elle était plus âgée, ses cheveux plus blancs. Je ne voulais plus la lâcher. Elle tenait mon visage entre ses mains et ne cessait de m'embrasser. Elle ne pouvait pas parler tant elle pleurait, et moi non plus.

Puis elle m'a repoussé, m'a pris par les épaules et m'a retourné. Debout devant moi se tenait Hanan, toujours plus grande que moi, Hanan, ma sœur magnifique – vivante, vivante !

Nous nous étreignions encore quand les policiers sont arrivés avec J.J. J'ai remarqué du mouvement dans la poche de son imperméable. J'ai prié pour que Zaya et Natoban fassent ce qu'on leur avait demandé et restent cachés. Et ils l'ont fait, alors que la foule commençait à comprendre qui était cette jeune femme en imperméable jaune. La nouvelle s'est vite répandue dans le port. Les gens accouraient de partout. On l'acclamait et on l'applaudissait, et bientôt, tout le monde a sorti son téléphone pour prendre des photos. Puis deux robustes pêcheurs barbus lui ont fait faire le tour du port sur leurs épaules.

Nous étions dans le restaurant, avec Mère et Hanan et Oncle Saïd et l'un des agents de police, quand J.J. est revenue. L'autre policier l'accompagnait. Elle a tapoté sa poche d'un air rassurant et m'a adressé un signe de tête. Elle nous a expliqué qu'ils avaient tout arrangé avec les gens de l'immigration, que je pouvais rester avec Mère et Oncle Saïd le temps que tout soit réglé et que tous les papiers soient faits. Puis les gens de la télé et de la radio sont arrivés. Il y a eu des flashs et des clics d'appareils photo et d'interminables interviews dans le restaurant de fish and chips avec J.J. et moi. Elle était l'héroïne du moment. Elle était celle qui avait fait le tour du monde à la rame, la toute première femme à réaliser cet exploit.

Mais pendant tout ce temps, elle leur a répété que c'était moi le héros, que sans moi, elle ne serait jamais rentrée à la maison. Elle leur a raconté qu'elle s'était blessée au poignet et qu'elle ne pouvait plus avancer, et que nous avions ramé ensemble sur les cinquante derniers milles marins, et qu'elle était heureuse que j'aie retrouvé ma famille et un foyer ici à Mevagissey, dans un endroit sûr où régnait la paix, où les gens étaient bienveillants, et où elle savait que les gens faisaient preuve de bonté avec les étrangers.

Puis elle a ajouté, et nous quatre seulement – Zaya, Natoban, J.J. et moi – avons compris pourquoi :

– Je crois que nous devons tous vivre les uns pour les autres, pas vous ?

33

Une vraie maison

Voilà donc comment je me suis retrouvé à écrire ces lignes aujourd'hui, bien des années plus tard, assis dans ma chambre au-dessus du restaurant de fish and chips, en contemplant le port de Mevagissey. Je joue au cricket dans l'équipe locale et je peux frapper la balle plus fort et lancer plus vite que tous les autres joueurs. Ils m'appellent Mini – encore ! –, mais ça m'est égal. Parfois, j'ai envie de leur dire que j'étais autrefois un géant dans un autre endroit, un jeune géant, mais dans un monde différent. Ils le sauront quand ce livre sortira, s'il sort un jour.

Je passe mes jours en mer avec Hanan dans le bateau de pêche d'Oncle Saïd. Mevagissey est notre vraie maison. Le restaurant est une vraie affaire de famille. Hanan et moi pêchons – le crabe, le homard, le hareng, le maquereau, la sole, mais surtout le cabillaud et l'églefin, car le fish and chips est de loin le plat le plus populaire de notre carte.

Oncle Saïd cuisine derrière le comptoir. Il aime chanter en cuisinant ; il chante de sa voix éraillée dans le grésillement de la friture !

Mère et Hanan s'occupent des clients. Leur anglais est affreux, celui d'Oncle Saïd est meilleur. Mais le mien est parfait, même si certaines personnes disent que je m'exprime d'une façon étrange, désuète, comme les gens devaient parler il y a des centaines d'années. L'anglais lilliputien, désuet ? Quelle impudence !

Quant à Zaya et Natoban, qui sont toujours mes deux meilleurs amis au monde, je les vois encore de temps en temps, mais pas à la maison, pas à Mevagissey, plus maintenant. Et c'est là une autre histoire.

Au début, ils ont essayé de vivre avec moi dans ma chambre, à l'abri des chats et des chiens qui rôdent dans les rues, des mouettes capables de les attraper et de les emporter, des voitures. Ils étaient aussi à l'abri des géants et de leurs pieds gros et lourds. J'ai compris très vite, et eux aussi, qu'à long terme ce n'était pas une vie, de rester enfermés ainsi dans ma chambre avec moi. Je m'inquiétais pour eux chaque fois que je devais sortir. Natoban en particulier mourait d'envie de m'accompagner. Il passait de longues heures assis sur la fenêtre à contempler la mer. Ils ne pouvaient pas rester avec nous, je le savais. Il leur fallait une vraie maison, et je savais que ça ne pouvait pas être celle-ci, avec moi et Mère et Hanan et Oncle Saïd. Ces derniers étaient ravis de leur présence – une fois passé la surprise de la rencontre, après avoir entendu leur histoire et la mienne. Ils faisaient partie de la famille désormais, mais nous savions tous que ça ne pouvait pas durer.

Le jour qu'ils attendaient avec le plus d'impatience était le lundi, quand le restaurant fermait et qu'Oncle Saïd nous embarquait tous dans sa vieille voiture bringuebalante qui sent le poisson. Notre destination préférée était Zennor, un petit village non loin, surplombé d'une haute lande rocheuse d'où on pouvait voir la mer, un endroit sauvage, désert. Nous allions souvent pique-niquer là-bas. Zaya, Natoban et moi pouvions courir ensemble, et nous avions l'impression d'être de retour à Lilliput, et j'avais l'impression d'être de nouveau un géant.

Et puis un lundi soir, sur la lande au-dessus de Zennor, Mère, Hanan, Oncle Saïd et moi étions en train de ramasser nos affaires et de nous préparer à partir quand nous nous sommes rendu compte que les petits n'étaient pas avec nous. Nous les avons appelés, nous les avons cherchés partout. Hanan et moi sommes restés sur la lande toute la nuit à les chercher, à les attendre, à les appeler. Oncle Saïd est retourné à Mevagissey et nous a rapporté une tente et tout le nécessaire pour dormir là.

Nuit après nuit, nous avons campé là-bas. Nous n'avions pas l'intention de repartir sans eux. Hanan restait avec moi la plupart du temps, et Oncle Saïd et Mère venaient chaque matin quand ils le pouvaient pour les chercher avec nous. Nous ratissions les rochers, les rives de chaque ruisseau, et escaladions encore et encore chaque colline. Ma voix était enrouée à force de crier, mes yeux douloureux parfois à force de pleurer. À vif.

Après deux ou trois jours, j'ai compris que le pire devait être arrivé. Un renard les avait attrapés, ou une buse, ou une hermine. Ou bien ils s'étaient aventurés sur la route et s'étaient fait écraser, à moins qu'ils ne soient tombés dans une mare, ou qu'ils se soient perdus dans le brouillard et aient erré jusqu'à une ferme, où un chat ou un chien les avait mangés.

Jour après jour, semaine après semaine, je les cherchais. J.J., qui vivait à Salcombe, venait m'aider dès qu'elle le pouvait. Je perdais espoir de les retrouver, mais J.J. n'abandonnait jamais. Ce n'était pas son genre, ni celui de Hanan. Elles ne me laissaient pas baisser les bras et nos recherches continuaient.

Elles étaient toutes les deux avec moi ce matin-là. Nous étions tous les trois allongés dans notre tente, réveillés. Le vent s'était levé. Il y avait un bruit étrange, dehors. Nous avons d'abord cru que c'était la tente qui claquait et gémissait dans le vent. Nous avons regardé à l'extérieur. Et ils étaient là, Zaya et Natoban. Ils nous regardaient en souriant.

Ils n'étaient pas seuls. Autour d'eux étaient rassemblées une dizaine de petites personnes qui nous dévisageaient. Nous les avons dévisagées aussi.

– Salut, a lancé Zaya. Qu'est-ce que vous faites là ?

– On vous cherchait, ai-je répondu, presque en colère.

– On va bien, a dit Natoban. On a trouvé des amis de notre taille. Ici, pas de voitures, pas de chiens, pas de chats, et on peut aller où on veut. On veille les uns sur les autres, comme à Lilliput.

– Qui sont ces gens ? lui ai-je demandé.

– Ils se font appeler les Spriggans, a répondu Zaya. Ils vivent ici depuis des milliers d'années, bien avant que des géants comme vous n'arrivent. Ils savent comment vivre au milieu des grandes

personnes. Ils aiment les histoires autant que nous, et ils en ont des tas à raconter, et nous aussi. Nous habitons ici avec eux maintenant. Ça ne te dérange pas ?

Pendant un moment, je n'ai pas su quoi dire.

– Êtes-vous heureux ? leur ai-je demandé.

– Très, a dit Zaya. Ils s'occupent très bien de nous. Nous veillons les uns sur les autres. C'est notre maison désormais. Ne t'inquiète pas pour nous. Et tu peux venir nous voir quand tu veux.

C'est donc ce que nous avons fait, ce que nous faisons toujours. Ils ont trouvé leur monde. J'ai trouvé le mien. On pourrait penser qu'il s'agit de deux mondes différents, mais ce n'est pas le cas. Nous vivons tous dans le même monde et c'est ce que j'aime. J'aime mes souvenirs de Lilliput et de Blufescu, j'aime la mer et la pêche, et tous mes amis et ma famille à Mevagissey, et mes chers Zaya et Natoban là-haut sur la lande de Zennor, et J.J.

Un jour, j'aimerais retourner à Lilliput avec elle et Ḥanan à la rame, et leur montrer l'endroit où j'ai vécu, où j'ai grandi. J.J. pense pouvoir déterminer où l'île se situe. Elle a noté la longitude et la latitude dans son journal de bord, l'endroit exact où nous nous sommes rencontrés par hasard ce jour-là. Elle dit que nous n'aurions qu'à ramer vers l'ouest à partir de ce point et que, tôt ou tard, nous tomberions forcément sur Lilliput. Ce serait une aventure, a-t-elle ajouté, et elle aime les aventures. Nous emmènerons Zaya et Natoban, s'ils veulent venir. Mais ce sera une autre histoire, une tout autre histoire, peut-être pour un autre livre. Il faut d'abord qu'elle se produise.

Table

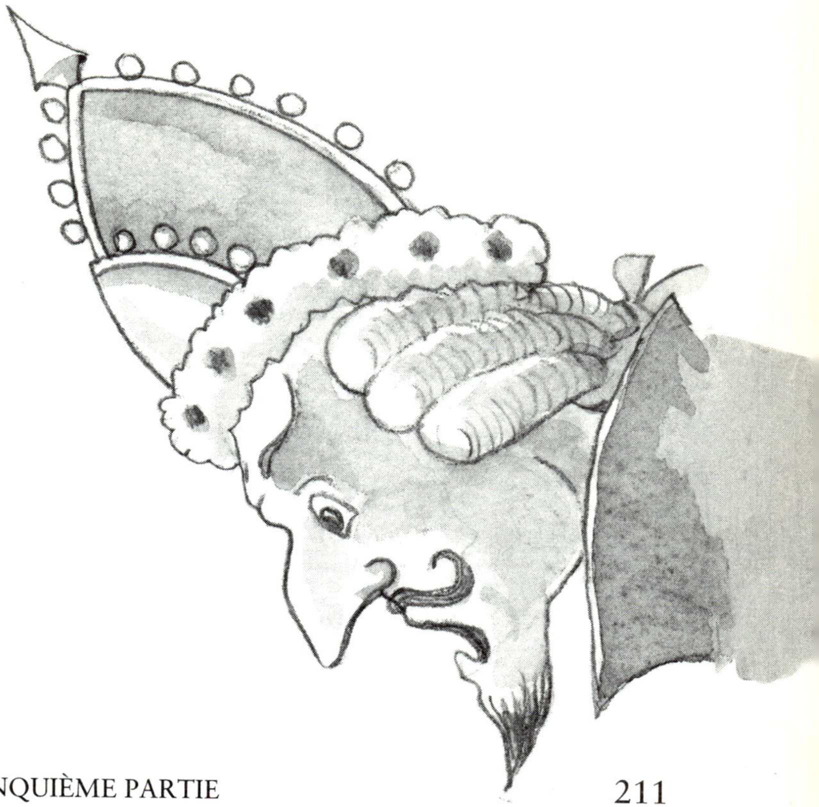

REMERCIEMENTS

Tous mes remerciements à Jonathan Swift, auteur des fantastiques *Voyages de Gulliver*, publiés le 28 octobre 1726.

Merci aussi à Clare, Michael Foreman, Vicki Berwick, Nick Lake et Ann-Janine Murtagh pour leur aide dans la réalisation de ce livre.

Mes remerciements à Sarah Outen, extraordinaire rameuse de l'océan, une inspiration pour nous tous.

M. M.

MICHAEL MORPURGO
L'auteur

Michael Morpurgo a écrit plus de 130 livres, dont un grand nombre ont été récompensés par des prix. Son roman le plus connu, *Cheval de guerre*, a été adapté au cinéma par Steven Spielberg dans un film plusieurs fois nominé aux Oscars, et adapté au théâtre dans une pièce chaleureusement saluée par le public et la critique. Avec sa femme, Clare, ils ont fondé une association, Farms for City Children (« Fermes pour les enfants des villes ») et, en 1999, ils ont tous deux été décorés de l'ordre du British Empire pour leurs actions destinées à l'enfance. En 2003, Michael est devenu le troisième Children's Laureate, un poste qu'il a aidé à créer avec le poète Ted Hughes, et qui consiste à promouvoir la littérature de jeunesse. En 2018, il a reçu le prix Eleanor Farjeon pour l'ensemble de sa carrière dédiée au monde du livre pour enfants. Il a été anobli par la reine d'Angleterre pour services rendus à la littérature et à l'action humanitaire en 2017.

MICHAEL FOREMAN
L'illustrateur

Michael Foreman a grandi pendant la Seconde Guerre mondiale dans le village de pêcheurs de Pakefield, dans le Suffolk. La plage étant truffée de mines et couverte de fil barbelé, les cratères de bombe deviennent ses terrains de jeux habituels. Sa mère était la marchande de journaux de Pakefield, et c'est lors de sa distribution de quotidiens chez les particuliers que Michael a rencontré un professeur de l'école des beaux-arts de Lowestoft, qui l'a encouragé à suivre les cours pour enfants qu'il donnait le samedi. Le talent de Michael étant évident, son professeur lui a conseillé de prendre des cours deux après-midi par semaine et, pour finir, d'entrer aux Beaux-Arts.

Le premier livre de Michael Foreman, *The General*, a été publié alors qu'il était encore étudiant au Royal College of Art de Londres. Depuis ce premier livre, Michael est devenu l'un des plus célèbres illustrateurs de livres pour enfants d'aujourd'hui. Grand voyageur, il a illustré toute une série de contes de fées, de légendes venus des quatre coins du monde. Il a également mis en images des œuvres de Dickens, Shakespeare, Roald Dahl, Rudyard Kipling, Robert Louis Stevenson et de nombreux autres auteurs. Sa collaboration avec Michael Morpurgo, dont il a illustré la plupart des livres, lui a valu un très grand nombre de prix. Michael Foreman est également auteur. Il a créé plusieurs albums, eux-mêmes largement récompensés.

Les romans Michael Morpurgo chez Gallimard Jeunesse

FOLIO CADET

L'Histoire de la licorne, n° 479
Le Lion blanc, n° 356
Le Secret de Grand-père, n° 414
L'Ours qui ne voulait pas danser, n° 339
Rex, le chien de ferme, n° 52
Toro ! Toro ! n° 42

FOLIO JUNIOR

Anya, n° 1064
Cheval de guerre, n° 347
Cool ! n° 1331
Enfant de la jungle, n° 1635
Jeanne d'Arc, n° 1031
Kaspar, le chat du Grand Hôtel, n° 1689
L'Étonnante Histoire d'Adolphus Tipps, n° 1419
Le Jour des baleines, n° 599
Le Meilleur Chien du monde, n° 1548
Le Mystère de Lucy Lost, n° 1773
Le Naufrage du Zanzibar, n° 969
Le Roi Arthur, n° 871
Le Roi de la forêt des brumes, n° 777
Le Royaume de Kensuké, n° 1437
Le Trésor des O'Brien, n° 942
Monsieur Personne, n° 976
Robin des bois, n° 864
Seul sur la mer immense, n° 1607
Soldat Peaceful, n° 1558
Tempête sur Shangri-La, n° 1127

GRAND FORMAT LITTÉRATURE

Au pays de mes histoires
Cheval de guerre
Dans la gueule du loup
Enfant de la jungle
Le Don de Lorenzo
Le Mystère de Lucy Lost
Le Roi de la forêt des brumes
Le Royaume de Kensuké
Loin de la ville en flammes
Mauvais garçon
Seul sur la mer immense
Soldat Peaceful
Un aigle dans la neige
Le Bonhomme de neige
Le jour où j'ai sauvé Wolfgang Amadeus

ALBUMS JUNIOR

Beowulf
Kaspar, le chat du Grand Hôtel
La Trêve de Noël
Le Collier du géant
Le Plus Grand Peintre du monde
Le Prince amoureux
Notre Jack
Plus jamais Mozart
Sire Gauvain et le chevalier vert

ÉCOUTEZ LIRE

Cheval de guerre
Le Roi Arthur
Le Royaume de Kensuké
Le Secret de grand-père

DANS LA GUEULE DU LOUP

Francis et Pieter ont toujours été très différents. Lorsque la guerre éclate en 1939, ils choisissent deux chemins opposés : l'un est pacifiste, l'autre s'engage comme soldat dans la Royal Air Force et part au combat. La suite de l'histoire va bouleverser leurs vies pour toujours. Et Francis doit se jeter à son tour dans la gueule du loup.

CHEVAL DE GUERRE

Été 1914. Dans la ferme de son père, en Angleterre, Albert grandit en compagnie de son cheval Joey. Mais les armées se préparent à s'affronter et le destin de Joey est tracé : il devient cheval de guerre. Il vit bientôt l'horreur des combats auprès des Britanniques, des Français ou du côté des Allemands. Pour lui, il n'y a pas d'ennemis, seulement des hommes. Joey partage leurs souffrances et leurs peurs et sait leur redonner de l'espoir.

LE JOUR OÙ J'AI SAUVÉ
WOLFGANG AMADEUS

Solitaire, timide, Jonah est trop occupé à prendre soin de sa mère pour se faire des amis à l'école. Mais une rencontre magique va tout changer : le fantôme d'un homme du XVIIIe siècle, Nathaniel. Orphelin, Nathaniel a croisé la route de Mozart. Jeux, répétitions, concerts, il a tout partagé avec le petit prodige.

Le papier de cet ouvrage est composé de fibres naturelles, renouvelables, recyclables et fabriquées à partir de bois provenant de forêts gérées durablement.

Mise en pages : Françoise Pham

Loi n° 49-956 du 16 juillet 1949
sur les publications destinées à la jeunesse
ISBN : 978-2-07-514420-9
N° d'édition : 366518
Dépôt légal : novembre 2020

Imprimé en Italie sur les presses de Grafica Veneta